THÉORIE DU GESTE

DANS L'ART

DE LA PEINTURE.

DE L'IMPRIMERIE DE DEMONVILLE.

THÉORIE DU GESTE

DANS

L'ART DE LA PEINTURE,

RENFERMANT

PLUSIEURS PRÉCEPTES APPLICABLES

A L'ART DU THÉATRE;

SUIVIE

DES PRINCIPES DU BEAU OPTIQUE,

Pour servir à l'analyse de la Beauté dans le Geste
pittoresque.

EXTRAIT D'UN OUVRAGE INÉDIT SUR LA PEINTURE.

PAR M. PAILLOT DE MONTABERT.

Les gens du monde jugent les Anciens d'après les
Modernes. Les véritables Artistes doivent juger
les Modernes d'après les Anciens.

A PARIS,

Chez MAGIMEL, Libraire, rue de Thionville, n° 9.

1813.

ORDRE DES MATIÈRES.

CONSIDÉRATIONS PRÉLIMINAIRES.   *Page* I

DE L'ANCIENNETÉ DES RÈGLES ÉTABLIES DANS L'ART DU
    GESTE.   3

ANALYSE DE L'ART DU GESTE.   30

Le Geste est le plus puissant moyen de l'expression.   31

Des différentes Espèces de Geste.   35

   Des Gestes individuels.   37

   Des Gestes nationaux, et des Gestes d'institution.   52

   Du Geste théâtral.   57

   Du Geste statuaire.   82

   Du Geste de la Plastique en général.   89

DU GESTE PITTORESQUE OU PROPRE A LA PEINTURE.   95

DES QUALITÉS DU GESTE PITTORESQUE.   96

De la Force Significative du Geste pittoresque.   id.

   De la Clarté du Geste.   97

   De l'Unité dans le Geste.   106

   De l'Opposition dans le Geste.   109

De la Naïveté du Geste.   114

De la Convenance du Geste.   128

De la Beauté du Geste.   139

Principes du Beau optique, pour servir à l'analyse de
    la Beauté dans le Geste pittoresque.   165

   De l'Unité dans la direction des Lignes.   187

   De l'Unité dans la grandeur des Lignes.   191

   De l'Unité dans les distances ou écartemens des Lignes. 194

NOMS DE QUELQUES AUTEURS

QUI ONT ÉCRIT SUR LE GESTE ET SUR LA DANSE.

BOURDELOT.

BULWER.

BURETTE.

CAHUSAC.

CALLIACHI.

COGUEN.

CURE DE LA CHAMBRE.

DELAUNAYE.

ENGEL.

FERRARIUS.

FEUILLET.

GALLINI.

MEURSIUS.

NOVERRE.

REQUENO.

RIVERY.

WEAVER, etc., etc.

THÉORIE DU GESTE

DANS

L'ART DE LA PEINTURE.

Considérations préliminaires.

J'ENTREPRENDS d'expliquer quelle est l'espèce
de geste qui convient exclusivement à la peinture et quelles en doivent être les qualités, non
dans certains cas en particulier, ce qui compren-
droit l'imitation des passions, mais dans tous les
tableaux et dans la peinture en général. Cette
matière est nouvelle ; elle ne peut être traitée à
l'aide des compilations, car tous les livres sont
fort stériles sur ce point : aussi ce traité est-il
le résultat d'observations faites sur les meilleurs
ouvrages de l'antiquité et sur les meilleures productions modernes.

La théorie écrite sur la peinture n'a point suivi
la marche rapide de cet art dans sa nouvelle révolution ; car si l'on excepte quelques réflexions
éparses dans certains ouvrages où il est question

des beaux arts, il ne se trouve, sur aucune partie importante de la théorie, des recherches neuves, profondes et méthodiques qui soient au niveau des nouvelles idées dont on aperçoit les résultats dans les tableaux qui honorent depuis plus de vingt ans nos écoles. Il ne faut point chercher les causes de ce retard ailleurs que dans l'inhabitude où sont les artistes de confier par écrit leurs recherches, et dans le peu d'expérience des écrivains qui ont entrepris d'instruire sur ces matières. Cependant, qui peut éclairer sur les mystères de l'art et divulguer les secrets de tant de peintres qui se sont ralliés à la nature et au bon goût, si ce n'est le peintre lui-même? qui peut et discerner et bien sentir l'influence des maximes vicieuses des écoles dernières et l'influence des principes nouveaux qu'on a puisés à la fin dans la saine raison et dans les exemples précieux des Grecs, si ce n'est l'artiste qui a constamment joint la pratique à l'observation? De tout temps les artistes écrivains ont été fort rares parmi les modernes; il paraît néanmoins qu'il n'en étoit pas ainsi dans l'antiquité; car les auteurs nous ont transmis les noms de plusieurs peintres célèbres qui avoient laissé des traités sur leur art, et le grand *Apelles* étoit de ce nombre. L'on écrit, ou pour former le goût du public, ou pour éclairer et aider les artistes; si ce dernier but est préférable, il est certain que l'écrivain doit, pour se faire

comprendre , parler le vrai langage de l'art
et être très-familier avec la pratique. Le peintre
seul peut donc instruire sur les véritables secrets de la peinture , et quand *Pline* nous dit
que personne ne peut *juger* de l'art , si ce n'est
l'artiste, il n'entend point, par *juger*, sentir, cal-
culer, et apprécier seulement les impressions
reçues par le cœur et par l'esprit ; il entend, juger
et apprécier la valeur respective des parties
constituantes de l'art et en bien discerner et analyser les caractères ; mais suspendre les pinceaux
pour prendre la plume , aimer à communiquer
ce que l'on a découvert et recueilli , divulguer
ce qui constitue les mystères d'un art si long
et si difficile ; avoir dans le cœur le besoin de
la vérité et une aversion sans retour pour les
préjugés qu'il importe de combattre avec cou-
rage ; aimer enfin cet art pour lui-même et pour
l'honneur de son siècle ; ces qualités, dis-je, sont
des titres peu communs. Une seule de ces intentions peut donc autoriser et déterminer un
artiste à communiquer au public ses recherches,
et c'est dans cet esprit que je confie ce fragment
à ceux qui étudient et à ceux qui cultivent la
peinture.

Une chose fort remarquable dans les arts chez
les modernes, c'est que certains principes essentiels n'aient jamais été bien approfondis , par
cette raison seule qu'on les considéroit comme généralement connus et observés ; ensorte que les

écarts des plus grands artistes , ont été pris fort
souvent pour les résultats précieux des règles et
pour des exemples qu'on devoit perpétuer sans
réforme. Ce préjugé , qui provient du respect
bien louable que l'on doit conserver pour les
grands modèles, seroit facile à éviter , si l'on vouloit bien reconnoître quel étoit l'état des esprits
et celui des arts , lors de leurs nouveaux succès
en Europe , et si l'on vouloit convenir que leur
marche a été incertaine et vicieuse aux époques
sur-tout où l'imitation de quelques maîtres imposans , détournoit de la recherche des vrais élé-
mens naturels , et sembloit dispenser les artistes
de recourir aux leçons de l'ancienne philosophie
ou aux avis des gens étrangers aux écoles.

On remarque que chez les anciens , au contraire , l'art s'est avancé par des progrès successifs
sans corruption, et si-tôt que les législateurs et les
philosophes se furent emparés de la peinture et
de la sculpture , les règles et les préceptes furent
peu-à-peu déterminés d'après les meilleurs exemples antérieurs , et toutes les parties essentielles
devinrent l'objet des recherches constantes de ces
grands hommes qui vouloient utiliser des arts
aussi beaux , et des artistes qui , dans leurs travaux , partagoient le même zèle.

Il peut donc arriver aujourd'hui que les artistes,
en imitant respectueusement les modèles classiques de geste offerts par les plus célébres écoles
modernes , ne fassent innocemment que perpé-

tuer des erreurs, tandis que s'il leur étoit possible de ne puiser que dans les plus fameux exemples de l'antiquité, ils seroient presque toujours surs de perpétuer de grandes qualités. Dans les écoles antiques, il y a abondance d'alimens pour la méditation et pour l'étude véritable de l'art et de la nature, les hommes sages qui illustroient ces écoles n'ayant rien fait, ni par hasard, ni par caprice, ni pour flatter d'aveugles vanités, et les grandes causes de leurs œuvres ayant toujours eu leurs sources dans un goût naturel et dans la plus saine raison. L'étude des ouvrages des maîtres modernes, au contraire, ne peut pas toujours conduire à des méditations profondes, ni à des causes premières et fondamentales, puisque les artistes eux-mêmes qui créèrent les types, dans les nouvelles écoles, s'occupèrent plus à exagérer les manières de leurs maîtres, afin de les surpasser, qu'à s'approcher du vrai but qu'une doctrine incertaine n'avoit point encore établi. Ainsi donc, en remontant aux principes des Anciens, nous parlerons à tous les hommes, nous nous ferons comprendre par eux, et en imitant aveuglément les Modernes dans leurs routines et dans leurs habitudes, nous ne serons compris et applaudis que par les gens à préjugés qui voudroient persuader que les beaux arts sont des mystères particuliers à la portée seulement de quelques initiés, tandis qu'ils sont faits pour l'humanité toute entière.

* 1

Hâtons-nous donc de dégager la théorie des arts de ces décombres amoncelés autour d'elle depuis si long-temps, et imitons en cela le zèle de ceux qui sont chargés aujourd'hui de rendre aux superbes monumens de l'ancienne Rome leur première splendeur ; car ils les découvrent jusqu'à leurs véritables bases, et les dégageant de ces ruines honteuses qui les tenoient ensevelis depuis tant de siècles, ils les aident à s'élancer glorieusement du sein de la terre. Enfin tâchons que l'observateur, réjoui de cet éclat tout nouveau, ne reporte plus en gémissant ses regards sur cette longue barbarie que notre siècle aura entièrement dissipée.

Dans cette importante théorie du geste, quelle méthode convient-il le mieux d'adopter et dans quel ordre doivent en être exposées les parties successives ?

Je commencerai d'abord par démontrer la très-grande ancienneté des règles de l'art du geste, soit dans les mœurs et dans les institutions, soit dans la peinture ou dans la sculpture, et je tâcherai de prouver que cet art avoit été réduit en théorie bien avant l'époque à laquelle fleurirent les célèbres artistes de la Grèce. Le but que je me propose dans cette première digression, est d'étendre les idées des artistes qui ne voient le complément de l'art que dans ce qui a été fait depuis le renouvellement de la peinture, et de persuader que l'excellence du geste dans

les ouvrages des anciens n'est point le résultat
d'un goût arbitraire ou hasardé, mais bien le
résultat des règles sages et constamment respectées qu'avoient déterminées la philosophie et la
profonde connoissance de l'art et de la nature.

J'entreprends ensuite l'analyse de l'art du geste
en peinture, et je le considère d'abord comme
étant le plus puissant moyen de l'art de l'expression. Je distingue les différentes espèces de
gestes qui tous ont des rapports avec celui qui
est propre à la peinture, et je les range dans
l'ordre suivant : gestes individuels, gestes nationaux et conventionnels, gestes propres au théâtre, gestes statuaires, et gestes de la plastique en général; reprenant l'étude du geste propre
à la peinture, j'en expose les diverses qualités
et je les réduis toutes à deux principales, qui
sont la vérité et la beauté. Dans la vérité du
geste, je comprends la force significative, la
naïveté, la convenance, et par la beauté, j'entends le résultat des combinaisons optiques, qui
appartenant à l'art général de la disposition,
doivent être nécessairement appliquées à l'art de
la pantomime.

On ne doit point s'attendre à trouver dans
ce traité, qui fait partie de l'art de l'expression,
des détails sur les gestes qui sont propres à telles
ou telles passions. Je considérerai ailleurs l'expression des passions sous le rapport du geste
et de la physionomie. Il ne s'agit exclusivement

ici que de l'étude et de l'analyse complète du geste pittoresque en particulier, de son véritable caractère et de ses qualités dans l'art de la peinture. Telle est la méthode que je me suis prescrite ; tel est le but que je me propose d'atteindre.

De l'ancienneté des règles établies dans l'art du Geste.

L'ART du geste est un langage naturel aussi ancien et plus ancien même que l'art de la parole, ce qui doit faire supposer que dès les premiers essais entrepris par la sculpture et par la peinture, les artistes ont dû laisser des preuves de la connoissance des règles de cet art. En effet, moins les significations de la parole étoient généralisées parmi les peuples, et plus le langage du geste a dû acquérir de clarté, de force et d'utilité. Aussitôt donc que la peinture ou la sculpture essayèrent de retracer ces mêmes signes, les premiers artistes durent mettre le plus grand soin à les représenter avec l'expression de leurs divers caractères, et si la science ne procuroit pas, dans ces premières tentatives de l'art, des images correctes et excellentes, au moins le choix des signes ou des gestes devoit être convenable et propre à la fin que les artistes se proposoient. On conçoit aisément que l'art le plus grossier peut donner une image suffisamment déterminée d'un geste, quel qu'il soit, et que l'art de le bien représenter est très-différent du choix de ce geste lui-même (1) : on doit aussi penser que la difficulté de le représenter avec justesse et précision devoit faire chercher des dédommagemens dans la clarté, dans la convenance et dans la résolution des attitudes : en un mot, tout doit nous porter à croire que les premiers artistes qui entreprirent de communiquer les expressions, ont dû s'appliquer singulièrement aux moyens les plus essentiels pour y parvenir, et nous sommes conduits à supposer qu'il se trouvoit dans ces premiers essais non seulement de la simplicité et de la force; mais aussi de la grace et de la beauté. Ces conjectures deviennent des certitudes lorsque nous nous rappelons que les plus anciens peuples, au moins ceux de la Grèce, nourrissoient dans leurs cœurs l'amour pour toutes les perfections du corps, et que leurs cérémonies religieuses, leurs danses, leurs combats, leurs triomphes, ne pou-

---

(1) Ne voyons-nous pas tous les jours, parmi nous, les images les plus vulgaires destinées à l'amusement des enfans, offrir, malgré la grossièreté de leur dessin, des pantomimes et des actions pleines de force et de signification, et plus claires, plus naïves et plus expressives souvent, que celles que l'on trouve dans les ouvrages des artistes de renom ? Les plus anciens monumens de l'art offroient les mêmes qualités, malgré l'incorrection et la grossièreté de leur exécution.

voient s'exécuter qu'à l'aide des signes vivifians
de la pantomime.

Ce que dit Quintilien sur cette question, est
trop positif pour qu'on aille recourir à d'autres
preuves. « Les règles du geste, dit-il, sont nées
» dans les temps héroïques : elles ont été approu-
» vées des plus grands hommes de la Grèce et
» de Socrate même. Platon les a mises au rang
» des qualités ou des vertus utiles, et Chrysippe
» ne les a pas oubliées dans son livre de l'édu-
» cation des enfans » (1).

Il n'est point surprenant que des hommes qui
pensoient de la sorte aient mis une si grande
importance à l'étude de cet art, et qu'ils en aient
fait une partie aussi essentielle de leurs mœurs.
Lorsque nous considérons l'importance qu'on
attachoit au geste dans les institutions religieuses
les plus anciennes, nous devons nous dépouiller
un instant de ce sentiment d'amour propre qui
nous porte volontiers à croire que dans les premiers âges du monde, la grande simplicité des
mœurs devoit exclure la grace dans le maintien
et dans la pantomime, et que la délicatesse des
manières n'a pu appartenir qu'aux temps où se
se sont épurées les civilisations. Une telle opinion seroit une erreur bien funeste parmi les
artistes, et elle les conduiroit à penser que dans
les arts et dans les mœurs modernes seuls, on

---

(1) Instit. Orat. Lib. 1, cap. 14.

peut trouver les modèles de perfectionnement, de finesse et de vraie politesse.

Quand Hésiode, dans sa théogonie, a peint les faits des grands dieux et les actions des premiers héros de la terre, leur a-t-il donc donné moins de grace et de dignité que n'a pu le faire parmi les modernes, Milton, lorsqu'il nous représente les premiers habitans du monde dans le jardin d'Eden? La grace, la naïveté, la dignité, ne sont-elles pas des qualités de tous les temps? et si ces vertus du corps peuvent s'altérer et se corrompre, et s'il est un temps où le geste de l'homme peut être sans noblesse et sans naïveté, n'est-ce pas plutôt lorsque les mœurs s'altèrent et lorsque les nations abandonnent la simplicité (1)? Dans les jeux antiques, le vainqueur étoit beau par les formes qui annoncent la force, et beau par le maintien qui étoit une suite de cette belle conformation. Son geste dans

---

(1) Dès le temps d'Aristote, les anciens comédiens reprochoient aux plus jeunes d'être excessifs dans leurs gestes et d'abandonner l'antique dignité. *Pindare* et *Callipide* étoient atteints surtout de ce défaut, et le vice de ce dernier, qui passa en proverbe, fit que *Muniscus*, un autre comédien plus ancien, lui donnoit le surnom de singe. Un excellent critique dit à ce sujet, que les acteurs de ces temps alloient apprendre des statues muettes de l'antiquité, la sagesse et la modestie qu'ils ne trouvoient déjà plus dans les mœurs de leur temps. (*Voyez Dacier, note* 13, *sur le XXVII chap. de la* Poëtique d'Aristote).

la carrière étoit plein de grace et d'énergie, mais
il étoit aussi plein de grace et de dignité lorsqu'après avoir remporté le prix, il tenoit dans
sa main victorieuse la palme immortelle, et que
son repos ressembloit à celui des dieux.

Les poëtes de la plus haute antiquité prescrivoient la pantomime qu'on devoit observer dans
les temples ainsi que dans les danses sacrées, et
les prêtres veilloient avec rigueur à l'intégrité
de ces types. Les Egyptiens, les Etrusques et
beaucoup d'autres peuples, avoient consacré
des gestes devenus religieux, mais qui devoient
avoir été empruntés à la belle nature, c'est-à-
dire, dont le modèle avoit peut-être été offert
par quelques beaux adolescens ou par quelques
vierges décentes et gracieuses dont le maintien
sans apprêt, les mouvemens et les gestes avoient
été remarqués comme propres à former ces types
convenables. La religion empruntoit ses danses
et ses pantomimes aux mœurs des citoyens ver-
tueux, et les artistes cherchoient leurs modèles
dans les temples et dans les actions sacrées. Enfin
il répugne de penser que dans ces fêtes solen-
nelles de l'antiquité et dans ces temples fameux
d'Isis, de Bacchus, de Cérès, dont le service ne
se faisoit que par les plus belles et les plus illustres personnes choisies dans les deux sexes, et
qui dans leurs augustes fonctions portoient les
vases sacrés et les différens instrumens des sa-
crifices, on ne rencontrât pas fréquemment des

modèles admirables d'attitudes. Ces modèles
étoient beaux et gracieux, non seulement dans
le maintien, mais aussi dans l'art de porter des
accessoires, d'ajuster et de soutenir les vêtemens,
de composer l'ensemble du geste, et sur-tout
d'accompagner cet ordre et ces combinaisons du
charme puissant de la naïveté (1). Il faut donc
convenir que les signes de la sculpture et de la
peinture, étant presque toujours des signes sacrés, puisqu'ils retraçoient les faits héroïques et
divins, célébrés par les plus anciennes poësies,
n'ont pu se perpétuer, c'est-à-dire être regardés
comme orthodoxes, sans le soin scrupuleux que
prenoient les artistes d'exprimer avec propriété
les idées conçues d'avance dans l'esprit religieux
des peuples, et que par conséquent tout ce qui
contribuoit à signifier clairement, fortement et
noblement les faits et les symboles devoit être
soigneusement recherché.

Cette opinion est contraire, je le sais, à celle

---

(1) Les Canéphores paroissent avoir eu un geste consacré.
Celles qui portoient l'eau dans des urnes (*idria*), sur leurs
épaules ou sur leur tête, agissoient aussi d'après un type
déterminé. La Génèse nous peint ainsi *Rebecca* portant son
cadum ou son urne sur son épaule, lorsqu'elle alloit puiser
de l'eau à la fontaine. Certes, il y a bien des manières de
porter une petite urne sur l'épaule, mais quelqu'habile statuaire aura déterminé le volume et la forme de l'*idria*, ainsi
que le mouvement gracieux et naïf du bras, et ce geste sera
resté consacré.

de plusieurs écrivains, qui ont répété que le dessin avoit commencé d'abord par les imitations vraies d'objets peu propres à la grande destination de l'art, et qu'il ne s'étoit élevé que peu à peu à la beauté humaine et à la majesté divine. Je pense, au contraire, que, dans les plus antiques écoles de la Grèce, l'art avoit souvent produit des statues d'un caractère noble, grand, rempli de vraie décence et de majesté, dans lesquelles le goût de disposition, l'invention des draperies et des accessoires; le style enfin, malgré le défaut de correction et de vérité dans les formes, avoit un aspect digne des temples et de la vénération des peuples. Ne voyons-nous pas, même dans Pausanias (1), que Dédale savoit répandre dans ses ouvrages imparfaits quelque chose de sublime et de divin? Et comment y seroit-il parvenu, sans la beauté et sans la propriété du geste? D'ailleurs, s'il est naturel de penser que les modèles de beauté étoient plus communs parmi les individus des âges primitifs, il est facile de concevoir en même temps que la grace du geste, qui est inséparable de la belle conformation, devoit s'offrir fréquemment et naturellement aux yeux des artistes de ces temps reculés. Plusieurs figures étrusques, qui furent exécutées en Italie, avant même que l'art ne fût cultivé en Grèce, nous font connoître ce que peuvent produire de relevé et d'imposant

_____

(1) Voyage à Corinthe.

les seules combinaisons qui concernent la pantomime (1). Mais un des moyens les plus surs de
vérifier la justesse de cette opinion, c'est de consulter les écrivains qui nous ont transmis des
descriptions, et de comparer les plus anciens monumens figurés dont ils nous expliquent les sujets
et les personnages ; de les comparer, dis-je, avec
des monumens beaucoup moins anciens, qui ont
été vus et décrits également par ces mêmes écrivains, et dont les copies antiques sont parvenues
jusqu'à nous. Au moyen de ces diverses comparaisons, on reconnoîtra j'espère la grande similitude qui existoit dans le choix des pantomimes
des âges reculés et des âges postérieurs, et le plagiat constant, et peut-être bien louable, qui a
contribué plus qu'on ne pense au maintien si pro-
longé des grandes qualités de l'art.

Si Phidias a exprimé d'une manière admirable
la majesté et la puissance de Jupiter à Olympie,
la grace toute divine de Minerve au Parthénon ;
s'il a animé par d'excellentes pantomimes ses
combats des Lapithes et des Centaures, les caval-
cades sacrées et les jeux solennels des jeunes
Athéniens, nous ne devons pas en conclure qu'il
ait le premier inventé l'art du geste. Bien anté-
rieurement à ce grand statuaire, on avoit vu une

(1) Voyez l'éloge que Pline fait de la peinture étrusque
représentant Atalante, et qu'on voulut transporter à Rome,
à cause de sa beauté, de son antiquité et de sa conservation.

foule d'artistes habiles qui avoient raisonné cet art, et qui avoient trouvé dans le geste, des caractères et des modes qui, depuis leurs recherches, étoient restés consacrés. Je ne veux point dire ici que les artistes anciens avoient adopté un certain nombre de gestes et d'attitudes, desquels leurs élèves craignirent de s'écarter; cette opinion seroit ridicule, puisque la nature, qui est le modèle, est variée à l'infini : mais je veux dire que les lois de la convenance et de la beauté dans cette poésie figurée de la sculpture et de la peinture, avoient été les mêmes pour les plus anciens artistes, comme pour ceux qui sont venus plus tard ; et que la pantomime des arts avoit produit des données nobles, simples, naïves, et même sublimes, avant que la vérité des formes et la correction savante n'eussent fait de ces belles images de véritables chefs-d'œuvre. N'est-ce pas là, au surplus, la marche ordinaire dans tous les temps? Et si Phidias trouva dans les poésies écrites ou figurées, des modèles antérieurs qui le déterminèrent, les plus grands artistes chez les modernes, Raphaël et Michel-Ange, ne s'aidèrent-ils pas des mêmes avantages? C'est ce qu'il est facile de prouver, en citant un passage d'un excellent ouvrage (1) qui vient de paroître. « Les peintres

_____

(1) *Discours historique sur la Peinture moderne.* Ce discours, inséré dans le *Magasin encyclopédique*, mai 1812, vient d'être imprimé dans le 4ᵉ volume du *Musée français.*

» grecs, dit l'auteur, retraçant les grandes images
» offertes par les prophètes, peignirent l'Ancien
» des jours, tel qu'il avoit apparu à Daniel, sous
» les dehors d'un vieillard majestueux et plein de
» bonté. Ils le montrèrent assis sur des nuages,
» débrouillant le chaos, faisant jaillir la lumière
» du sein des ténèbres : mal exprimées sans doute,
» ces conceptions étoient déjà élevées et poé-
» tiques ; et lorsque Michel - Ange et Raphaël
» traitèrent les mêmes sujets, leur génie, sans
» éprouver d'obstacles, n'eut qu'à les revêtir de
» formes plus nobles, pour les rendre sublimes. »

Qui nous porteroit à supposer, en effet, que
les maîtres du premier statuaire de la Grèce, Ela-
das et Hyppias, en dirigeant ce beau génie vers
l'excellence du dessin et la science profonde de
l'homme, ne lui aient rien appris de positif sur la
force et la convenance de la pantomime ? Est - ce
que Phidias n'avoit pas lui - même étudié, médité
et analysé dans les ouvrages de ses devanciers,
cette importante partie de la sculpture ? Ouvrons

L'auteur, M. Emeric David, a déjà enrichi la théorie, d'un
ouvrage précieux sur l'art statuaire. L'érudition remarquable
de cet écrivain et son goût épuré, le distinguent de tous
ceux qui ont traité les mêmes sujets ; et sa doctrine, vraiment élevée et sévère, place ses écrits sur les arts au premier rang. Voyez aussi ce que le même auteur dit sur la
danse antique, dans son ouvrage sur l'art statuaire, pages
74, 82, etc. (*Recherches sur l'Art statuaire*. Paris, 1805;
1 vol.; chez la veuve Nyon).

donc promptement les livres descriptifs de Pausanias, et commençons par remarquer les ouvrages qui précédèrent le beau siècle de Périclès, pour remonter ensuite aux époques les plus reculées, auxquelles l'art avoit laissé déjà des preuves de l'antique science du geste.

Quelques lustres avant le temps fameux de Périclès, on avoit vu les beaux groupes de Dyonisius d'Argos, dont les Romains conquérans embellirent leur capitale (1). Onatas d'Egyne, fils de Micon, et contemporain d'Egyas et d'Ageladas, avoit embelli l'Altis ou le bois sacré d'Olympie, non seulement de ses chars de bronze attelés de chevaux que Phidias avoit sûrement étudiés, mais il avoit fait du même métal un Hercule armé d'un arc et d'une massue, un Mercure portant un belier sous son bras; et Pausanias, qui le regarde comme un statuaire excellent (2), vint exprès à Phigalie pour admirer sa Cérès (3). Mais arrivons directement à ceux qui ont produit des compositions où se trouvent des actions composées et des pantomimes relatives : sans parler de Bupale et Anthermus de Chio, dont cette ville s'enorgueil-

---

(1) Pline.

(2) Je ne crois pas, dit-il, *Onatas* inférieur à aucun de ceux qui ont paru depuis *Dédale*, ou qui sont sortis de l'école d'Athènes. Pausanias donne aussi le nom d'admirable à l'Apollon en bronze de ce statuaire. Cet Apollon se voyoit à Pergame. Liv. 8, chap. 42.

(3) Pausanias, liv. 8, chap. 42.

lissoit tant (1), citons Théoclès (2), qui sortoit de la célèbre et nombreuse école de Dipœne et Scyllis. Il avoit représenté dans le trésor des Epidammiens, à Olympie, Atlas soutenant le ciel, Hercule venant enlever les pommes d'or en présence du dragon du jardin des Hespérides (3). Passons à la vingt-neuvième olympiade, où fleurit Aristoclès l'ancien (4). A Elis, on voyoit de ce statuaire, un fameux groupe représentant Hercule combattant contre l'Amazone Anthiope, pour lui ravir son bouclier (5).

Tous ces statuaires, et tant d'autres cités par les écrivains, ont dû exécuter des bas-reliefs exprimant une multitude d'actions. Les bas-reliefs des maîtres contemporains de Phidias ne sont point désignés comme des ouvrages de nouvelle invention, et comme des sculptures d'un genre inconnu jusqu'alors ; au contraire, il paroît, et nous savons, par des monumens conservés, que

---

(1) Pausanias.

(2) *Idem*, liv. 6, chap. 19.

(3) Deux vers de *Lucrèce* nous rappellent l'énorme serpent au regard terrible, tant de fois représenté, entortillé autour de l'arbre aux pommes d'or :

« *Aureaque Hesperidum servans fulgentia mala,*

» *Asper, acerba tuens immani corpore serpens*

» *Arboris amplexus stirpem.* . . . (Liv. 5, vers 33.)

(4) Pausanias, liv. 5, chap. 25.

(5) *Idem.*

2*

le même genre de statues, de reliefs, de décoration, régnoit dans la plus haute antiquité.

Burlarchus avoit peint, près de deux cents ans avant Phidias, la bataille des Magnésiens en Lydie. Le roi Candaule acheta ce tableau au poids de l'or. Il est à croire qu'il s'y trouvoit des pantomimes belles et expressives. Phidias, qui avoit été peintre, avant de se fixer à l'art statuaire, a dû connoître tout ce qui existoit de son temps en fait de compositions et de pantomimes. On sait quelle est l'ardeur des jeunes artistes pour découvrir ces sources instructives.

L'école de Rhodes étoit déjà célèbre avant Phidias. Un passage d'Anacréon le prouve (1). Mais remontons encore à des temps plus reculés.

Bathyclès, auteur du fameux trône d'Amyclée, vivoit long-temps avant Solon et Crésus, et par conséquent avant Dipœne et Scyllis, disciples de Dédale. Voici quelques-uns des sujets dont il avoit décoré ce trône (2). On y voyoit Neptune et Jupiter qui enlèvent Taïgète et Alcyone; le combat des Centaures chez Pholus; celui d'Hercule avec Cycnus. Il faut remarquer ici que la représentation de ces fameux combats remonte surement à de très-anciennes époques. Ils étoient favorables à l'art; et c'est pour cela peut-être qu'on les a si

_____

(1) Il dit en adressant la parole à un peintre : « Souverain » dans l'art que l'on cultive à Rhodes ».

(2) _Voyez Heyne ; du Trône d'Amyclée._

souvent répétés depuis. Les urnes étrusques, les vases peints, les médailles, etc. en offrent de nombreuses répétitions. On voyoit encore sur ce trône le Minotaure enchaîné par Thésée, l'enlèvement des filles de Leucyppe, et plusieurs travaux d'Hercule. Il paroît que les artistes suivoient les plus anciennes poésies qui traitoient des aventures de ce héros ; ce qui le prouve, entre autres, c'est la présence de Minerve, lorsqu'il exécute plusieurs actions : ainsi l'ont introduite les plus anciens poëtes (1). Bathyclès avoit aussi représenté la fable de Tityus, une des plus anciennes de Delphes. On voyoit encore un Mercure qui amène les trois déesses pour être jugées par le fils de Priam, et Bacchus enfant porté par Mercure. Enfin, tout au haut du trône, Bathyclès avoit représenté une troupe de Magnésiens qui dansoient. C'étoient ceux qui l'avoient aidé à faire ce trône. Il est à croire que les modèles de danse étoient aussi très-abondans et remontoient à une haute antiquité.

Gitiadas de Sparte, qui florissoit probablement dans la quatorzième olympiade (2), par conséquent plus de deux cent cinquante ans avant Phidias, avoit fait à Sparte le temple d'Airain et la statue d'airain de Minerve. Il l'avoit orné de bas-reliefs de même métal, parmi les-

---

(1) Heyne, *idem*.
(2) *Idem*.

quels Pausanias remarque une Amphitrite et un Neptune qui étoient, dit-il, d'une beauté merveilleuse (1). A Amyele, on voyoit de ce même Gitiadas deux trépieds ornés de bas-reliefs (2). Ce statuaire étoit poëte : il fit plusieurs cantiques, et entre autres une hymne pour Minerve sur des airs Doriens (3).

Mais il est temps de citer le plus ancien monument qui existoit dans la Grèce au temps de Pausanias ; je veux parler du grand et très-antique coffre de Cypselus. Les antiquaires modernes sont tous d'accord sur son extrême ancienneté qu'ils n'ont pu déterminer. Il étoit orné de bas-reliefs et de ciselures. On y voyoit entre autres sujets, Amphyaraüs ayant déjà un pied sur son char et tenant son épée nue ; il se tournoit vers Eriphile. On voit, dit Pausanias (4), qu'il s'emporte contre elle, et peu s'en faut qu'il ne la perce de son glaive. Jason et Pelée combattant à la lutte : ils paroissoient de force égale ; Eurybotas dans la posture d'un homme qui lance son palet ; la jeune Thétis, et Pelée qui veut l'embrasser, mais Thétis, un serpent à la main, menace Pelée ; une discorde entre Ajax et Hector, qui après s'être défiés en viennent aux mains.

---

(1) Pausanias, liv. 3, chap. 17.
(2) *Idem*, chap. 18.
(3) *Idem*.
(4) *Idem*.

C'est, dit Pausanias, cette même discorde que Calyphon de Samos a copiée dans une peinture du temple de Diane à Éphèse. Voilà une indication précise d'un ancien plagiat, et particulièrement d'un emprunt de la peinture sur la sculpture (1); Cassandre embrassant la statue de Minerve, et Ajax qui l'en arrache; enfin un Vulcain remarquable par sa claudication ou sa *station* douteuse.

Pour en revenir aux poëtes, nous devons croire qu'Homère, qui dans la description de son bouclier d'Achille, n'a pas craint d'animer ses figures par des actions de toutes espèces, avoit dû voir des pantomimes pleines de vérité et de propriété sur quelques ouvrages de l'art. Ses longs voyages ont dû sur-tout en meubler sa mémoire.

C'est ici le lieu de citer quelques exemples pris dans *Lucien*. Ce philosophe a, comme beaucoup d'autres peut-être, emprunté directement aux plus anciennes poésies une multitude d'images; mais ces images ont dû le frapper d'autant plus qu'il les avoit reconnues sur les tableaux et sur les bas-reliefs classiques, et je pense que ces rapprochemens sont très propres à aug-

_____

(1) *Pausanias* cite encore un pareil emprunt, en parlant de la *Cérès* d'Onatas d'Égyne. Les uns disent, ajoute l'écrivain, qu'il fit cette *Cérès* d'après un tableau qu'il trouva; d'autres, d'après une statue de bois. Liv. 8, chap. 42.

menter l'estime qu'on doit avoir pour la pantomime des anciens, et qu'ils peuvent en même-
temps contribuer à éclairer sur l'antique marche
de l'art (1).

Lucien, qui n'étoit point étranger aux arts (2),
nous a laissé des descriptions si conformes à plusieurs monumens qui nous sont parvenus, qu'on
seroit tenté de croire qu'il a voulu nous conserver exprès l'image des originaux, comme il nous
a laissé celle de la fameuse peinture de Zeuxis,
représentant la Centaurelle; et la similitude de
ces images écrites avec des antiques qu'on peut

---

(1) Non-seulement les poëtes prescrivoient les modes de la
danse; mais les images de ces danses écrites probablement
par des signes conventionnels, servoient peut-être de types
aux artistes. *Pausanias*, en parlant d'un tableau de *Polygnote*,
dans lequel ce peintre avoit représenté *Ulysse* descendant aux
enfers, tableau qu'on admiroit dans le Lesché, à Delphes,
dit que le peintre avoit imité, dans l'épisode de *Caron*, le
poëme intitulé *la Myniade*. Pausanias ajoute que le peintre
avoit imité aussi d'*Archiloque*, qui, peut-être, l'avoit lui-
même emprunté à de plus anciens poëtes, l'idée de la roche
prête à tomber sur Tantale, et qui le tient dans un effroi
continuel. Il est à remarquer que dans cette description du
tableau de Polygnote, on trouvera des pantomimes répétées
presque dans les derniers temps de l'art. Pausan. liv. 10,
chap. 18.

(2) Lucien, auteur grec, a vécu probablement sous Trajan.
Il fut d'abord destiné à la sculpture qu'il étudia. Il habita
Athènes, Antioche, ville de Syrie, Rome, les Gaules, et
voyagea beaucoup.

voir tous les jours, est si grande, que je ne puis me persuader que ce soit une chose nouvelle que de la faire remarquer. Je ne citerai que les tableaux d'Andromède (1), d'Europe (2) et d'Endymion (3). « On voit, dit le poëte en parlant » de Persée, le jeune héros s'élancer dans les » airs, armé de son épée, attaquant le monstre » d'une main et de l'autre lui présentant la tête » de Méduse, qui le change en rocher. » L'auteur ajoute : Persée détache alors les chaînes d'Andromède et lui présente la main pour l'aider à descendre de ce rocher glissant (4). Qui ne voit pas d'ici le grand bas-relief du Capitole, gravé dans l'Admiranda de Santi Bartoli.

Passons à d'autres tableaux successifs dans l'histoire de l'enlèvement d'Europe. Lucien, après avoir décrit le commencement de cette histoire, continue ainsi : « Jupiter emporte à l'instant la » jeune fille, prend sa course vers la mer et s'y » jette à la nage. Europe, effrayée se tenoit d'une » main aux cornes du taureau, et de l'autre re-

---

(1) Dialogue de Triton et des Néréides.

(2) Dialogue de Zéphir et Notus.

(3) Dialogue de Vénus et de la Lune.

(4) Ce geste de Persée est répété de diverses manières sur plusieurs monumens, et dans tous, il est gracieux, naïf et convenable, quoique très-peu analogue à celui que prescrivent, parmi nous, la politesse et la galanterie. Voyez ce qui est dit plus loin sur les gestes individuels.

» tenoit son voile agité par le vent. » Qui n'a
pas vu la répétition de cette composition antique. Voici la suite : « Mille petits Amours vo-
» loient auprès de Jupiter, rasoient la surface
» de l'onde, quelquefois la touchoient du bout
» de leurs pieds. Ils portoient les flambeaux allu-
» més et chantoient l'hymne des époux. Les Né-
» réides demi-nues sortoient du sein des flots ;
» montées sur des dauphins, elles applaudis-
» soient. Les Tritons et autres habitans de la
» mer dont l'aspect n'est pas effrayant, formoient
» des cœurs de danse auprès de la jeune fille.
» Neptune, monté sur son char, ayant Amphy-
» trite à ses côtés, conduisoit cette marche triom-
» phante ; mais le plus bel ornement étoit Vénus
» couchée négligemment dans sa conque, portée
» par deux Tritons : elle jetoit des fleurs de
» toutes espèces sur la jeune épouse. » Qui ne
reconnoît pas encore là un calque pris sur quelque monument ? Quant au dialogue de Vénus
et de la Lune, en voici un fragment. C'est Diane
qui parle : « Endymion est à mes yeux d'une
» beauté parfaite, sur-tout lorsque s'étant fait
» un lit de sa tunique étendue sur une pierre,
» il s'endort tenant d'une main des traits qui
» sont prêts à lui échapper, tandis que l'autre,
» recourbée sur sa tête, environne ce beau vi-
» sage auquel elle sied à merveille. Quand il est
» plongé dans le sommeil, sa bouche exhale une
» odeur aussi douce que l'ambroisie. Je descends

» alors sans faire de bruit et je marche sur la
» pointe du pied, de peur qu'en s'éveillant tout-
» à-coup, il ne soit effrayé de ma présence. »

Je laisse au lecteur le plaisir de comparer à
ce tableau une peinture d'Herculanum, t. 3,
pl. III ; une pierre gravée dans Gorlœus, seconde
partie, n° 498, etc. Qui empêche de croire que
ces images, successivement enrichies, décou-
loient d'une très-antique source, et qu'elles
avoient traversé les siècles parce que l'idée mère
en étoit belle et convenable à l'art? Faisons ici
une réflexion : si les poëtes de l'antiquité tradui-
soient, pour ainsi dire, presque litteralement
les expressions des peintres et des sculpteurs, et
s'ils tâchoient de retracer dans leurs poésies les
mœurs des figures représentées par les artistes,
pourquoi certains critiques modernes voudroient-
ils, par une présomption blamable, qu'on tra-
vestît les idées de ces mêmes poëtes en employant le langage indécent et maniéré des écoles
des derniers siècles? et pourquoi voudroient-ils
encore forcer à reconnoître, par exemple, comme
homériques les gestes routiniers des ateliers?

Ces diverses observations sur l'art du geste
chez les anciens peuples, nous conduisent naturellement à parler des Egyptiens, ces antiques
dépositaires des arts, et ces premiers instituteurs
des Grecs, auxquels ils donnèrent tant d'excellens rudimens. Les Egyptiens, qui ne s'égarèrent
jamais, parce que peut-être ils ne surent jamais

s'élever, ont produit néanmoins dans leurs sculptures incrustées et dans leurs peintures, des pantomimes d'une très-forte signification ; car, de
même que certaines pierres gravées nous retracent des gestes excellens par le moyen de quelques sillons creusés par le *touret*, de même certaines sculptures ou peintures, peut-être assez
informes, peuvent indiquer des actions bien
choisies. De tous les écrivains qui ont sû lire
la pantomime de l'art égyptien, c'est M. Hamil-
ton qui, dans son voyage tout récent, en parle
avec le moins de prévention ou pour mieux dire
avec le plus d'égards (1). Sans citer ici la description qu'il fait d'une foule de sculptures dont
les actions lui paroissent très-expressives, je rappellerai seulement ce qu'il dit du geste de certaines figures en particulier. Il cite, par exemple,
celles qui sont occupées à lier ensemble plusieurs
roseaux pour la construction d'une espèce de
radeau. L'effort nécessaire pour cette action,
dit-il, est exprimé avec beaucoup de justesse.

Il paroît que tous les voyageurs d'aujourd'hui
voient d'un autre œil l'art des Egyptiens, et que
là où des observateurs d'un goût factice et maniéré ne voyoient que du roide et du barbare,
ceux d'aujourdhui reconnoissent du grand, du
simple et du significatif. L'ouvrage magnifique

_____

(1) Voyez plusieurs extraits de cet ouvrage dans la *Biblio-
thèque britannique* de 1812.

sur l'Egypte, qui va se terminer à Paris, mettra sous les yeux, des exemples convaincans du degré de savoir des Egyptiens dans l'art de la pantomime. Je ne dirai rien ici ni de leurs attitudes consacrées, ni du soin vigilant des prêtres dans la signification expressive de tous ces gestes.

Enfin nous conviendrons qu'un savant qui voudroit faire les rapprochemens de tous les traits d'érudition relatifs à l'ancienneté des règles de la pantomime en sculpture et en peinture, nous feroit passer en revue tous les bas-reliefs, toutes les peintures et toutes les compositions imaginées bien long-temps avant le bel âge des Grecs, et dont les copies sont parvenues jusqu'à nous, et l'on verroit que ces pantomimes dont les *Alcamène*, les *Scopas*, les *Praxitèle*, embellissoient les frontons, les *cella* des temples, étoient imitées d'après les plus antiques modèles.

De pareils rapprochemens pourroient nous faire descendre jusqu'à l'époque affligeante de la décadence de la peinture, et nous feroient voir encore ce même art presque éteint et abandonné, propager au milieu de sa glorieuse retraite les lois sacrées des premiers âges et perpétuer toujours de merveilleux exemples; mais hélas! malgré son reste de grandeur, sa voix expirante n'a pu retentir qu'avec peine dans les écoles qui l'ont cultivé depuis, et trop souvent les artistes modernes, en secouant le joug des maximes antiques, ont fait parade d'une indépendance vrai-

ment alarmante, et dont l'abus ne les a que trop
souvent avilis.

Il convient donc de rappeler quelquefois aux
élèves l'antique honneur de leur art, afin d'élever et d'exciter leur génie, comme on rappelle
aux enfans des héros les hauts faits de leurs
aïeux, ainsi que les grands devoirs que leur impose leur illustre origine et la splendeur de leur
race.

Analyse de l'Art du Geste.

APRÈS ce que nous venons de dire sur l'importance qu'on a mise dans les temps les plus reculés
à cette partie des mœurs relative à l'art du geste,
il est facile d'imaginer que les règles de cet art
avoient été recueillies par plusieurs écrivains, et
qu'il existoit des théories précieuses sur cette belle
matière. Aristote nous apprend que plusieurs auteurs, entre autres Glaucon de Théos, en Ionie,
avoient enseigné comment il falloit déclamer les
pièces de poésie. Aristote lui-même avoit composé, à la suite de sa *Poétique*, différens livres,
dont quelques-uns traitoient des mimes et des
passions. Le temps nous a ravi ces savans ouvrages, en sorte que nous sommes réduits, en
général, à parler de la danse antique par conjecture : au moins, ce qui doit s'appliquer à la peinture, reste-t-il à créer en entier ; et les monumens
sont les seuls livres que nous puissions consulter.

« Suivons donc le précepte d'Horace, qui ordon-
noit de son temps de consulter les modèles grecs,
nuit et jour, et nous parviendrons peut-être ainsi
à retrouver, dans les diverses parties de l'art, les
merveilleux secrets qui faisoient naître comme
par enchantement tant de chefs-d'œuvre.

Le Geste est le plus puissant moyen de l'expression.

L'EXPRESSION est le but : le geste n'est que le
moyen ; faisons-y bien attention. Trop souvent
les artistes modernes ont prouvé qu'ils confon-
doient le moyen avec le but ; et l'on a vu les tableaux couverts d'attitudes et de mouvemens,
qu'on trouvoit bons, parce qu'ils plaisoient aux
yeux et à l'esprit des faux savans, mais qui étoient
vicieux, parce qu'ils n'atteignoient pas le but, qui
est l'expression.

Le geste, considéré comme un des moyens de
l'expression, doit être reconnu en même temps
comme étant le plus puissant de tous. Il est facile
de le prouver. Ni la physionomie, qui réside dans
les traits du visage, ni le coloris, ni le clair-obscur,
ni les attributs, ni le site, etc. ne peuvent produire cette grande puissance et cette force émou-
vante, qui est le résultat de la seule pantomime.
La tête est une si petite partie relativement à
l'effet de toute la figure en général, comme le

remarque Reynolds (1), malgré l'opinion de M. Depiles (2), que les anciens sculpteurs n'ont pas manqué de reconnoître combien l'attitude générale d'une statue se présente aux yeux d'une manière plus frappante que les traits du visage. C'est par l'expression de cette attitude, qu'ils cherchoient principalement à rendre sensibles les caractères de leurs figures.

Il n'est pas surprenant que les anciens aient représenté aussi souvent, ou pour mieux dire, aussi souvent qu'ils l'ont pu, leurs personnages nus ou presque nus : en effet, quelle différence entre la force de signification d'une figure couverte d'étoffes, ou d'une figure nue, dont toutes les parties mettent en évidence tant de signes caractéristiques et correspondans, qui tous concourent à l'unité de l'expression. C'est ce principe qui a fait dire à Dufresnoy (3), que les extrémités, et même les articulations, ne devoient point être cachées ; mais il auroit bien fait d'en expliquer la cause.

Il est certain que la seule esquisse d'une figure dessinée ou modelée, mais dont la tête n'est qu'indiquée par quelques points, ou par des plans ébauchés, pourra signifier très-positivement l'action que l'artiste aura voulu représenter ; tandis

_____

(1) Discours sur la peinture.
(2) Cours de peinture; page 169, édition de Paris, 1708.
(3) *De arte graphicâ*; vers 162.

qu'une tête seule, sans le concours des autres parties, n'exprimera cette idée qu'autant que cette tête sera exécutée avec un art infini, et même porté à la perfection. Plusieurs médailles antiques, dont la tête est souvent altérée, offrent néanmoins une grande expression. Il faut donc bien distinguer l'art, de la nature, c'est-à-dire les moyens d'expression de l'un, d'avec les moyens d'expression de l'autre; en sorte que, s'il est vrai que, dans la nature, la partie la plus exprimante soit quelquefois le visage, il peut arriver que, dans l'art, cette même partie ne soit que le moindre moyen.

D'après ces observations, on peut mettre en principe, que la résolution et le caractère du geste ou de la pantomime, est ce qui frappe le plus puissamment au premier abord; ce qui confirme cette opinion, c'est que les graces de l'ensemble sont bien autrement senties que les graces de détail; et que le seul mouvement général d'un individu nous laisse toujours une expression non équivoque, tandis, au contraire, que les caractères des parties de son visage ne produisent que des effets incertains (1). N'est-ce pas par le main-

---

(1) Cicéron nous apprend que le célèbre pantomime *Roscius* avoit les yeux de travers (*perversissimis oculis*), et ce défaut n'empêchoit point l'admiration de Q. *Catulus*, qui, dans sa belle épigramme, dit avoir vu Roscius au moment du lever du soleil, et l'avoir trouvé plus beau que ce dieu. (*Ciceron*, *de Naturâ Deorum*, lib. 1, n° 28).

tien que, selon l'observation de Virgile, Enée reconnut Vénus sur les rives de Carthage? Démosthènes faisoit consister une grande partie du pouvoir de l'éloquence, dans l'action. Il est sûr que, si nous pouvions voir les gestes qui accompagnoient les discours des célèbres orateurs de l'antiquité, ils nous paroîtroient enrichis d'une force et d'une magie toute nouvelle; mais il y a long-temps qu'on a fait ces réflexions. Terminons par une comparaison prise du théâtre; on comprend assez que je veux parler de la distance qui dévore les traits des acteurs, ce qui n'empêche pas les effets expressifs, parce qu'ils s'obtiennent principalement par la pantomime; et que le spectateur, sans apercevoir les traits du visage, éprouve souvent les sensations les plus déterminées, et cela sans qu'il regrette même les effets auxiliaires de la physionomie (1).

(1) Le plus grand nombre des acteurs de nos théâtres affectent de tourner leur visage en face du spectateur, comme si le visage étoit le siége principal de l'expression; mais l'expérience montre le contraire, et les excellens acteurs qui expriment le plus, ne se servent de leur visage, et ne le montrent avec intention, que dans quelque cas où ce moyen est essentiel et puissant. Tout le monde sait que, dans l'antiquité, les acteurs portoient des masques d'un caractère déterminé, pour suppléer à l'indécision de la nature. Les danseurs portoient aussi quelquefois des masques pleins de beauté. Cet exemple a peut-être été rejeté parmi nous, plutôt par insouciance que par des motifs suffisamment réfléchis.

En voilà assez sur le geste considéré comme étant le plus puissant moyen de l'expression.

Des différentes espèces de Geste.

Un des plus utiles principes dont ait été enrichie la théorie, par ceux qui s'en sont occupés dans ces derniers temps, est certainement cette démarcation que plusieurs écrivains ont signalée entre les domaines respectifs des différens arts. L'excellent ouvrage de Lessing (1), sur les limites de la poésie et de la peinture, fournit entre autres des idées toutes nouvelles sur cette matière (2); et il seroit honteux, après les leçons de ce profond observateur, de ne pas appliquer à toutes les parties de l'art, le même esprit d'analyse dans l'étude de leurs convenances et de leurs propriétés respectives. Nous remarquerons facilement, que ce qu'on appelle vaguement *la nature*, offre à notre disposition des modèles de geste de toutes espèces, dont le choix, pour être bien fait, exige

_____

(1) Cet ouvrage est intitulé *le Laocoon*; il a été traduit en Français par M. Vanderburg; 1 vol. in-8°, Paris 1802, chez Renouard.

(2) M. Quatremere de Quincy a jeté aussi une grande lumière sur cette même question, dans une dissertation très-intéressante sur la diversité du génie et des moyens poétiques des différens arts. On la trouve dans les *Archives littéraires*, tom. 3, an 12.

une grande connoissance de l'art et une sagacité particulière, puisque souvent ce qu'elle présente de convenable à un art peut ne point convenir à un autre.

On sent très-bien que les gestes d'un individu ne sont point ceux qu'il conviendroit de donner dans l'art à un individu d'un autre caractère ; que les gestes d'une nation particulière , qui a pu adopter des signes de convention , ne sont pas les gestes de toute l'humanité , ni ceux d'une nation qui lui est étrangère ; que les pantomimes du théâtre peuvent n'être point propres à la sculpture ou à l'art oratoire ou à la peinture. Il y a plus : tel geste est propre à l'art statuaire, qui ne convient plus dans le langage différent du bas-relief ; enfin, telle expression mimique, admirée dans un art, sera déplacée et vicieuse dans un autre. Cette seule indication nous fait apercevoir la confusion qui pourroit s'établir dans la théorie, si la méthode ne se chargeoit pas de spécifier la propriété et le domaine de chaque art. Cette matière, importante et nouvelle , n'a été traitée à fond dans aucun ouvrage que je connoisse. Engel , qui a écrit des lettres très ingénieuses et très longues sur ces questions, ne fournit presque rien ; et cette matière a cela de particulier, qu'étant familière à l'esprit de tout le monde, presque aucun écrivain ne s'en est occupé. Je crois donc convenable d'établir des divisions , et de distinguer dans le geste ses différentes espèces.

Des Gestes individuels.

LES gestes individuels, c'est-à-dire ceux que peut offrir tel individu ou tel modèle, ne doivent pas être considérés toujours par le peintre d'histoire comme étant des règles et des données de la nature générale et collective, mais bien souvent comme des particularités et des individualités sans propriété et sans caractère, et même comme des signes habituels du tempérament et des mœurs de cet individu, signes très-impropres, peut-être, à l'art de la peinture. Il faut bien se garder de confondre ces signes particuliers avec les signes généraux de la langue universelle, et de les prendre ou de les imiter comme des types dont l'expression doive être sentie généralement par tous les hommes.

Combien de fautes ne se commet-il pas en peinture par l'ignorance de cette théorie, et combien d'expressions ou triviales ou insignifiantes ne produit-on pas par l'imitation des gestes de certains individus et quelquefois des gestes qu'on pourroit faire soi-même (1)? L'ar-

---

(1) On raconte qu'un jour Annibal Carrache surprit le jeune Dominiquin, gesticulant avec chaleur dans son atelier, et que le voyant tout ému par les signes de la passion qu'il vouloit exprimer sur un personnage de son tableau, le maître applaudit et conçut une haute idée du talent de son élève. Ce moyen

tiste a beau s'excuser en appelant nature ce qui
n'est qu'individuel, et en montrant pour se justifier les modèles qu'il a exactement copiés; ces
images ne touchent point, parce qu'on n'y retrouve pas les caractères généraux de la nature
et de l'humanité, et le spectacle en est insipide,
parce que le peintre ne nous montre que les
gestes d'un chétif individu, et qu'un portrait
que nous ne reconnoissons même fort souvent
qu'avec répugnance. Ce n'est donc pas la manière dont certains individus, dont mille individus qui nous entourent manifestent leurs passions, que nous devons choisir et imiter; mais
c'est le caractère général dans l'extérieur des passions de tous les hommes qu'il s'agit de reconnoître et de communiquer, et les gestes individuels ne doivent être étudiés qu'afin de donner
ce cachet de naturel aux mouvemens qu'il convient d'adopter, ainsi que le caractère physique
du tempérament des personnages représentés.
On remarque ici sensiblement la démarcation
qui sépare le domaine de peintre d'histoire et
de peintre de portrait; mais néanmoins il faut,
en passant, rappeler à ce dernier que la dignité

---

tout naturel, et recommandé par les anciens écrivains, est
excellent; mais il n'est pas sans inconvénient, puisque l'artiste, qui fait le rôle de l'acteur imité sur le tableau, peut
faire répéter au miroir qu'il consulte de très-grandes impropriétés, et des signes qui, tout naturels qu'ils sont, peuvent
être très-faux et hors de la vérité générale et de la convenance.

de l'art exige qu'il n'imite qu'avec réserve les
habitudes et les gestes individuels qui peuvent
blesser les lois de la beauté et de la décence,
puisqu'il a d'ailleurs à sa disposition assez d'autres moyens d'être vrai, sans choisir ce que les
individus peuvent offrir de trivial ou de ridicule.

Quoique les gestes des hommes soient aujour-
d'hui libres et dégagés des règles de la danse antique qui embellissoit les mœurs, les règles de
l'art n'en sont pas moins austères qu'autrefois,
et ses bornes sont les mêmes qu'elles ont été dans
tous les temps.

Soyons donc bien persuadés que dans l'antiquité lès artistes avoient comme nous ces dan-
gers à éviter, c'est-à-dire que très - souvent les
modèles qu'ils consultoient participoient de certaines habitudes de la civilisation et de certaines
manières impropres qu'ils propagoient involon-
tairement, mais dont les statuaires et les peintres savoient très-bien se garantir.

Oui, malgré la longue influence des mœurs
agrestes au sein d'Athènes, malgré la simplicité
des Grecs et la naïveté primitive de leur politique,
ils n'étoient pas exempts de la corruption des
villes antiques et populeuses. Les passions avoient
influé sur la contenance et sur le maintien. La
contrainte, la recherche mal dissimulée, ainsi
que la force de l'imitation et de la routine des
modes, avoient fait leurs ravages. Dans le sein

des foyers, comme au milieu des fêtes, la co-
quetterie avoit pu trouver moyen de pénétrer,
et la nature simple avoit dû se voir plus d'une fois
déguisée par des artifices mensongers ; cependant toujours les artistes ont été à l'abri de ces
séductions ; jamais ils n'ont pris pour naturel et
convenable ce qui n'étoit qu'habitude impropre
ou contraire aux belles mœurs. La constance de
leurs principes est, en ceci, bien admirable. Il
semble que tous les modèles qu'ils ont consultés
pour leurs pantomimes aient tous été choisis au
sein des mœurs les plus pures et parmi la classe
la plus chaste des citoyens. Sur les monumens,
les vierges paroissent vierges dans leur maintien ;
les mères agissent avec une tendresse et une dou-
ceur grave qui fait aimer l'humanité ; les vain-
queurs dans les jeux, sans faire parade de leurs
avantages, sont posés, il est vrai, comme des
êtres glorieux de leurs triomphes ; mais avec
cette sécurité naïve qui éloigne l'audace et la
jactance. N'est-t-il donc jamais échappé dans le
stade quelques mouvemens vains et impérieux
aux athlètes que venoient interroger les artistes,
et les peintres ont-ils donc toujours eu dans
leurs ateliers des héros ou des demi-dieux pour
modèles (1) ?

_____

(1) M. *Depiles* paroit éloigné de ces idées, lorsqu'il donne
des leçons sur l'art des portraits. Voici ce qu'il dit dans son
Cours de peinture, ouvrage d'ailleurs très estimable : « Il

Non; les peintres et les statuaires de la Grèce étoient continuellement sur leurs gardes contre cette influence des civilisations. Ils étoient continuellement occupés à exercer cette sagacité qui fait distinguer sans incertitude ce qui appartient à la nature et ce qui appartient aux habitudes des individus, ce qui convient à la dignité de l'art dans le geste, et ce qu'il faut abandonner aux cercles, aux assemblées, au cabinet, aux rues ou aux places publiques. Sans ce sage principe, les portraits qu'ils nous ont laissés seroient empreints de quelques signes d'habitude, de quelques gestes qui rapprocheroient, par fois, l'art de ces trivialités qui résultent de la négligence de l'éducation, et cependant il n'y a pas, dans l'antique, un seul exemple d'un pareil écart, et les habitudes des personnages représentés sont imitées néanmoins avec une finesse qui paroît même être un assaisonnement de la beauté(1). Enfin, on

---

» faut que, dans ces sortes d'attitudes (il veut parler des » portraits de personnes illustres), les portraits semblent » parler d'eux-mêmes et nous dire, par exemple : Tiens, » regarde-moi, je suis ce roi invincible, environné de ma- » jesté; je suis ce valeureux capitaine, qui porte la terreur » partout; je suis ce ministre, etc., etc. » Je crois que c'est ici le cas de dire que cet auteur prescrivoit ce qu'il voyoit faire, au lieu de prescrire ce qui devoit être fait. Voyez plus bas la note de la page 47.

(1) Voyez les images antiques de Vulcain, de Socrate, d'Ésope.

peut assurer que le plus grand desir des artistes,
que leur ambition la plus dominante étoit de
ravir à la nature sa simplicité, sa décence et sa
naïveté, en la séparant des habitudes de l'affectation, et que leur soin le plus grand et le plus
assidu étoit de conserver, toute leur vie, ce
sentiment pur de l'ame qui fait sentir et goûter
ces mêmes charmes de la nature, et de mé-
nager cette fleur de sensibilité si facile à flétrir,
et qui décore dans tous les temps le véritable
génie (1).

Passons à des applications déterminées de ces
principes généraux, et distinguons ce que les
individus peuvent offrir de vicieux et d'impropre
à l'artiste qui les consulte.

---

(1) Je ne doute pas qu'une foule de figurines peintes, gravées ou sculptées, que le temps nous a conservées, ne parus-
sent être, aux yeux des anciens, des productions bien plus
estimables que nous ne le croyons, à cause de cette qualité
seule qui comprend la beauté et la vérité du mouvement et du
geste, ainsi que la décence et la convenance d'action. Les
artistes de bonne foi, qui ont fait sérieusement des recherches
pratiques sur cette partie importante de l'art, et qui, je puis
l'ajouter, ont été si souvent forcés de les abandonner pour
suivre le torrent de l'école, ou de se contenter de quelques
à-peu-près accommodés au goût de leur temps, conviendront
de la difficulté qu'ils ont trouvée à parvenir à ces qualités ; et
ils conviendront aussi des entraves sans nombre que nos mœurs,
nos habitudes d'école, ou, pour mieux dire, que les mœurs
de tous les pays et de tous les temps opposent à ces études,
lorsqu'on veut les faire consciencieusement, comme les Grecs,
et dans le véritable esprit de l'art.

Il est facile de reconnoître que les gestes individuels peuvent être vicieux ou par l'influence
nationale ou par celle de l'éducation, ou par la
structure physique et la qualité du tempérament
de l'individu, qui ne lui permet pas d'exécuter
telle ou telle pantomime qu'il lui conviendroit
d'employer. L'influence nationale produit les
gestes nationaux et conventionnels dont nous
parlerons bientôt, mais l'éducation et la structure physique produisent des gestes individuels
de mille espèces, qui peuvent être très-contraires
au caractère essentiel de l'art, qui est la décence
et la beauté. Nous allons donc remarquer les
gestes vicieux qui dépendent de l'éducation et
ceux qui dépendent du physique et du tempérament de l'individu. Si Engel avoit fait cette
distinction, il n'auroit pas rendu inutile les sub-
tiles recherches qu'il a faites sur la pantomime,
et il n'auroit pas admis dans l'art du théâtre une
foule de signes qui, n'étant ceux que de quelques individus pris au hasard, rabaissent l'imitation vers les types les plus dégradés. Et en ceci
il est tombé dans la même erreur que Lavater et
les physionomistes qui l'ont précédé et qui ont
pris leurs modèles dans les rues et chez le vulgaire,
sans s'occuper de la beauté, qui toujours doit
diriger les artistes ; ensorte que la peinture ne
peut retirer aucun profit de ces écrits, à moins
qu'elle ne soit exercée de nouveau par des Te-
niers ou des Cranach.

Les signes des gestes qui dépendent de l'éducation sont d'autant plus à éviter dans l'art, que fort souvent ils n'ont de valeur précise que chez certaines nations et que parmi certaines classes de la société, et ils sont souvent aussi mal reçus dans les villes étrangères que les vêtemens et les accoutremens des modes un peu lointaines. Par exemple, les gestes aimables de Paris ne passent que trop souvent pour des recherches fades et affectées chez d'autres peuples. Ceux-ci, au dire des Parisiens, gesticulent quelquefois d'une manière pesante ou triviale. Ces contestations, étrangères à la matière que je traite, ont fait dire à une française (1) : «Trop de gesticulation chez » les Italiens ôte la noblesse de l'éloquence; » trop peu chez les Anglais la rend froide : se-» rions-nous dans ce medium si difficile à saisir?» Qui décidera cette question? Je pense que les artistes de tout pays, qui ont étudié la beauté, la convenance et les mœurs antiques, en sont capables; mais je laisse cette discussion et je répète que l'art de la peinture ayant des règles, des lois et un domaine bien reconnus, il est facile aux artistes éclairés de sentir ce qui, dans les différens gestes individuels, peut convenir ou ce qui est à rejeter, et de ne choisir que les gestes qui plaisent à tous ceux à qui il importe qu'ils plaisent; ce qui comprend l'hu-

---

(1) Lettres de Madame du Bocage.

manité toute entière. Tous les gens de goût ont bien reconnu que la politesse, cette qualité si aimable dans le monde, étoit insupportable dans les arts d'imitation; mais ce qu'on n'a pas assez remarqué, c'est cette difficulté qui consiste à distinguer les gestes d'habitude et d'éducation, des gestes purement naturels, et cette abnégation nécessaire que tout artiste doit faire des usages de son pays, de son sexe et même de ses mœurs particulières (1). Dans les tableaux, par exemple, nous reconnoissons trop souvent, dans plusieurs attitudes, l'influence des gestes monastiques. Les saints, les apôtres et le fils de Dieu lui-même (2) y sont représentés avec les gestes des cloî-

---

(1) Des gens très-exigeans pour les petites choses, objecteront qu'un Allemand doit agir comme un Allemand; un Français comme un Français; mais je réponds que les signes grands et caractéristiques des divers peuples, ne consistent pas dans certaines modifications minutieuses par lesquelles on détailleroit des ridicules, des laideurs, des trivialités populaires. J'ajoute que les variétés établies par Homère, le sont par des grands traits, généralisant plutôt le moral des différens personnages, que particularisant les habitudes propres à certaines peuplades. En un mot, je réponds que la peinture noble doit abandonner aux bambochades et aux croquis bouffons, les portraits ridicules ou peu propres à la dignité de l'art, et qu'on peut exprimer les diverses passions et les différens caractères des nations, sans retracer la manière dont les peuples manifestent ces passions dans tel ou tel temps; car la beauté et la dignité doivent décorer les spectacles donnés par les beaux arts dans tous les âges.

(2) Voyez tous les baptêmes de Jésus-Christ.

tres et des cellules , combinés avec la manière des
écoles et des académies. Dans la fameuse fresque
de Michel Ange, à la chapelle Sixtine, la mère
de Dieu, assise sur des nuages , à côté de son
fils , a la pantomime d'une personne du monde
qui étudieroit son mouvement. Le Jupiter qui
lance la foudre sur Phaëton , est un modèle mal
assis sur un tabouret, et qui a servi de type à
Michel Ange. L'école française du dernier siècle
abonde sur-tout en exemples de ce genre. Hector
vient-il faire ses adieux à sa chère Andromaque ,
leurs gestes sont ceux des époux élégans de nos
villes , et leur douleur est marquée au coin du
bon ton. Apollon jouant du violon dans le Par-
nasse de Raphaël , est moins choquant par
l'instrument qui cause l'anachronisme, que par
l'attitude de tous les membres qui rappelle le
ménétrier de nos faubourgs. Toutes les Nymphes,
toutes les Flores , toutes les divinités , ont eu
pendant plus de deux siècles le petit doigt de
la main retroussé , et rappeloient la boîte à mou-
ches et la tabatière. Qu'on ne croie pas que ces
exemples soient tout à-fait sans retour. Quant
aux têtes penchées, aux coudes retirés, aux prétendues naïvetés anguleuses de la minauderie,
la mode n'en est pas encore passée , et cela s'appelle souvent de l'antique et de la virginité. O
Grecs! ainsi l'on vous parodie! ô nature! ainsi
l'on vous invoque et l'on vous outrage!... mais
je ne saurois m'arrêter.

Un héros commande-t-il ses volontés? même geste vulgaire. C'est le bras, c'est le poignet, c'est l'index du recruteur qui exerce sa compagnie (1). Chez les Flamands, les dieux même ne sont pas épargnés. Les peintres leur ont donné les gestes de la tabagie. Mettez-leur un bonnet et la pipe, et vous retrouverez le buveur ignoble et le magot enfumé. Dans mille et mille tableaux, le geste est fourni par des croquis, extraits, dit-on, du calpin et saisis sur la nature, ou le geste est donné par le modèle payé, qu'on appelle aussi la nature, et qui inspire à l'artiste un certain goût et un certain style : enfin, le geste est donné quelquefois par l'artiste économe qui se dessine lui-même devant la glace, et c'est encore là, dit-on, la nature. Mais le plus souvent le geste est parodié d'après ces mauvais tableaux d'école qu'ont vanté, admiré et prôné tant et tant d'écrivains, tant et tant de professeurs dont le goût de convention et le style étoient bien soigneusement concentrés dans leurs ateliers ; enfin il en est résulté que les peintres ont imaginé des mouvemens, des actions pleines de gaucherie, d'affectation, de laideur, et sans les louanges stupides des amateurs routiniers qui ont révéré ces espèces d'hiéroglyphes académiques, tout le monde seroit à l'unisson pour rejeter, pour avi-

---

(1) Voyez aux Tuileries, près du grand bassin, une statue dans laquelle on a voulu exprimer un geste impérieux.

lir, pour détester ce goût d'école, ce goût d'atelier, qui fait haïr la peinture aux gens sensibles et d'un esprit relevé, et qui nous éloigne si fort et des Grecs, et de la nature, et du bons sens.

Il seroit impossible de désigner tous les gestes prohibés par le bon goût de la peinture et de la sculpture, et que l'on aperçoit journellement parmi les hommes de nos jours et de nos mœurs. Ceux qui paroissent extrêmement ridicules s'évitent aisément; mais l'association des idées nous en rend supportables plusieurs qui ne sont pas moins à rejeter de la peinture. Citons-en quelques-uns.

Les mains jointes et entrelacées par digitation (1).

Les bras croisés sur la poitrine.

Les jambes croisées (2).

Les cuisses l'une sur l'autre dans le repos.

Dans la *station*, le jeu exagéré et tourmenté des os.

Les pieds en dehors, qui rappellent les lézards, les grenouilles, etc., etc. (3).

---

(1) Voyez la Cananéenne de Drouais; les Madeleines et toutes les figures éplorées modernes.

(2) Voyez les jambes antiques des figures assises, l'une en avant, l'autre en arrière. Cette situation des jambes paroît avoir appartenu autant à la décence des mœurs, qu'à celle de l'art.

(3) Tous ces gestes ont été rejetés par les anciens, parce qu'ils sont optiquement laids.

Il est temps de finir en disant deux mots sur les gestes individuels provenant d'un physique vicieux.

Les Grecs, avons-nous dit, devoient naturellement représenter dans leurs tableaux des gestes pleins de beauté et de grace, puisque les personnages qu'ils imitoient dans leur peinture étoient eux - mêmes beaux et doués de la plus belle conformation. Rien ne détruit la beauté d'une figure comme la laideur de ses gestes, et c'est commettre un contre-sens qui éloigne du naturel que de faire agir sans grace un individu parfaitement conformé; car la nature ne sépare jamais la grace de la véritable beauté. Il doit arriver, par la même raison, qu'un modèle dont la conformation est vicieuse, offrira des actes physiques laids, triviaux et déplaisans. Par vice de conformation, il ne faut pas entendre seulement le défaut de proportion osseuse, ni le résultat de quelques accidens; il faut entendre le résultat de tous les systèmes osseux, musculaires et nerveux se trouvant hors de leur degré d'harmonie particulière et respective. Ces vices physiques ont amené chez de tels individus des habitudes et des gestes qui sont d'autant plus choquans, que l'éducation n'en a pas corrigé les excès; mais un peintre nourri des beautés antiques, et familier avec la physiologie pittoresque, ne manquera pas de les reconnoître et de les rejeter de ses tableaux comme des désor-

dres qui ne doivent point être admis sous le titre
trompeur des gestes naturels. Cependant, pourra-
t-on demander, quel choix à la fin pourra faire
l'artiste qui, se méfiant des gestes individuels,
cherchera néanmoins une pantomime belle, expressive, pleine d'intérêt et de signification?
Aura-t-il recours aux théâtres? même écueil.
Imitera-t-il les ouvrages des écoles? même incertitude, mêmes mélanges de goûts académiques se succèdant par modes et par périodes :
il est donc réduit à sa seule imagination (1), à
son seul discernement; mais une foiblesse, une
prédilection, un goût exclusif peut le perdre,
ou ce qui n'arrive que trop aujourd'hui, il sera
la victime de ces incertitudes et de ces ménagemens funestes que lui prescrivent les goûts divers et confus de ses contemporains et des artistes passés ; et voulant plaire à tous les partis,
il ne produira que des ouvrages d'imitation sans
naturel et sans caractère. Qu'il puise donc, avec
confiance, dans les sources antiques qui ont
produit tant de beautés; qu'il s'abandonne à

---

(1) Je sais qu'en poussant cette méfiance des gestes vicieux
jusqu'à l'extrême, un peintre sans jugement pourroit se
croire autorisé à imaginer seul tous les gestes de ses figures,
et ne voudroit plus rien emprunter à la nature, ensorte que
ses attitudes, pour être d'un meilleur choix, manqueroient
de ces naïvetés et de ces mouvemens vrais qui sont donnés
seuls par le squelette de la nature; mais j'espère que ce que
j'ai dit plus haut, et ce qui suivra, lorsque je parlerai de

ces sages leçons que les Grecs ont écrites sur le marbre et sur le bronze ; qu'il consulte les recueils de la gravure, tout grossiers et altérés qu'ils sont ; et qu'il suive aveuglément la maxime d'Horace, que je ne crains pas de répéter ici : « *Vos exemplaria græca nocturnâ versate manu,* » *versate diurnâ* (1). » C'est là que sont déposées les explications des règles, les résultats de la sagesse et du goût, les vrais types enfin qui doivent servir d'aliment à son génie.

Nous venons de voir que ce sont les arts qui sont les régulateurs de cette décence d'action qui maintient la dignité, la convenance et la beauté dans les gestes. La musique ou la danse antique régloient le geste des temples et des théâtres ; les institutions académiques ou gymnastiques régloient les gestes d'éducation ; et la plastique, la statuaire et la peinture, offroient continuellement aux yeux l'application de ce décorum des mœurs, ainsi que cette beauté optique du geste qui, en perpétuant les actions des héros, propageoi·.t le sentiment qui contribue à élever l'homme jusques aux grandes vertus.

---

la naïveté du geste, suffira pour éloigner toute espèce d'équivoque et pour déterminer la véritable méthode.

(1) Vers 569 de l'*Art poétique* ; étudiez les modèles grecs ; feuilletez-les, étudiez-les nuit et jour.

Des Gestes nationaux, et des Gestes d'institution.

PAR gestes nationaux, j'entends les gestes qui, chez les différentes nations, ont des caractères généraux qui proviennent du climat, du tempérament et des mœurs ; et par gestes d'institution, je veux parler des signes qui ont une signification idéale et conventionnelle chez certains peuples en particulier, et qui, formant un langage exclusif, peuvent être inintelligibles pour d'autres nations.

Il y a très-peu de choses à dire ici sur les gestes nationaux : les observations qu'on pourroit faire à ce sujet, rentrent dans celles qui ont rapport aux gestes individuels, ensorte que, s'il est vrai qu'il existe des peuples gesticulateurs, le peintre ne sauroit exprimer cette particularité sans blesser les convenances de l'art, à moins qu'il ne s'exerçât sur des peintures comiques ou sur des caricatures. Un écrivain a dit que les Siciliens gesticuloient plus qu'aucun autre peuple du midi, et il rapporte à ce sujet que cette habitude provient d'une très-ancienne captivité dans laquelle un tyran leur avoit interdit l'usage de la parole. On peut remarquer, en passant, que si les Italiens et quelques autres peuples gesticulent trop, il n'en est pas ainsi de beaucoup d'autres nations qui vivent cependant sous une température plus

ardente, et qui, au contraire, se servent habi-
tuellement de gestes très-lents, peu fréquens et
pleins de dignité.

Quant aux gestes d'institution, ils sont variés
autant que les nations qui sont convenues de
leur signification. Ces signes ne sont point ceux
de l'humanité; mais ceux des hommes de quelques contrées, et la preuve qu'ils ne sont que
des signes artificiels, c'est que, comme les mots,
ils ne sont entendus que dans certains pays. Les
plus simples de ces gestes ne signifient même
que dans une certaine contrée, et l'on se sert
ailleurs de signes tout différens pour exprimer
la même chose. Les voyageurs font tous les jours
ces remarques. L'étude de ces gestes est sur-tout
relative à la science de l'antiquaire et ne con-
cerne le peintre qu'en tant qu'il veut faire
des recherches sur certaines mœurs et sur certains costumes en particulier; néanmoins, pour
donner aux artistes une idée nette de cette espèce de geste d'institution, il convient ici de
rappeler quelques descriptions faites par des savans. « Dans l'antiquité, dit M. Millin (1), on
» avoit placé le siége de plusieurs vertus et de
» plusieurs qualités dans quelques parties du
» corps. Le front et le visage étoient assignés à
» la pudeur. La main droite à la bonne foi; les
» genoux à la compassion, et l'oreille à la mé-

_____

(1) Dictionnaire des beaux arts.

» moire ; c'étoit donc une formule consacrée que
» de toucher l'oreille de quelqu'un pour l'avertir
» de quelque chose ou pour rappeler un fait à
» son souvenir. C'est pour cela aussi qu'on tou-
» choit le bout de l'oreille à ceux qu'on prenoit
» pour témoins ; c'étoit encore une caresse que
» les enfans faisoient à leurs parens, les amans
» à leurs maîtresses de les baiser en leur tou-
» chant l'oreille. Nombre de passages des écri-
» vains anciens constatent ces différens usages,
» que retracent indubitablement plusieurs pier-
» res gravées. » (On peut assurer néanmoins
que les artistes anciens, en général, se sont pré-
servés de l'influence de ces signes équivoques.)
« Le bras droit élevé, à moitié étendu et rap-
» proché vers l'épaule, avec la main ouverte, indi-
» quoit, chez les anciens, un des gestes les plus
» nobles et les plus imposans, c'est celui d'une sta-
» tue du *Museo Pio Clement.*, t. 3, pl. XXV. Tel
» est encore, à peu près, celui que Pline appelle
» *Pacificator*, et qu'on remarquoit, de son
» temps, à plusieurs statues ; mais comme la
» mutilation de la main s'oppose à ce qu'on
» puisse vérifier l'élégance exacte du geste,
» M. Visconti renvoie, pour mieux juger, aux
» médailles où l'on voit des allocutions ; aux sta-
» tues de Marc-Aurèle au Capitole, et sur-tout
» à celle d'Adrien au palais Ruspoli, dont le
» geste est plus analogue à celui dont il s'agit.
» M. Visconti pense que la statue qu'il a publiée

» a été érigée en l'honneur d'un orateur ou d'un
» magistrat, ou au moins d'un personnage qu'on
» vouloit honorer comme tel.

» Il étoit un autre geste, particulier aux
» orateurs ou à ceux qui haranguoient en pu-
» blic.

» La vignette de la préface du tome 2 des
» *Bronzes d'Herculanum* offre une main, que,
» d'après son inscription, les auteurs supposent
» votive. Les trois premiers doigts sont élevés
» et les deux autres fermés. Cette situation,
» ordinaire à toutes les mains *panthées*, est com-
» mune à toutes celles des statues qui repré-
» sentent des orateurs, des poëtes et des philo-
» sophes ou des magistrats déclamant ou dis-
» courant.

» L'on en voit un exemple dans le tome 2,
» pl. XXII, des *Peintures d'Herculanum*: Buona-
» rotti prétend que de là est venu aux prêtres
» l'usage de bénir tantôt avec la main entière-
» ment ouverte, tantôt avec les trois derniers
» doigts, en fermant le pouce et l'index.

» On lit dans Quintilien et dans Apulée que
» ces différens gestes étoient particuliers aux an-
» ciens dans l'action de discourir et de saluer. »

Ce que dit M. Requeno sur la *Chironomie* des
anciens, ne nous donne aucune lumière sur l'art
du geste en général : il ne le considère que comme
une langue de convention propre à exprimer des
idées abstraites et dont il falloit faire une étude

particulière ; telle étoit par exemple l'expression des nombres par la situation convenue des doigts du chironome.

Il y a mille observations qu'on peut faire sur tous ces gestes d'institution ; par exemple, sur les différentes démonstrations de respect et de salut chez les divers peuples ; sur les gestes cerémonieux, bouffons ou galans, qui sont bien différens à Londres, à Paris et à Naples, et qui varient même comme les modes ; mais toutes ces choses sont hors de mon sujet.

Je ne sais cependant si l'on doit ranger parmi les gestes d'institution ceux qu'on retrouve sur les monumens et qui paroissent plutôt être des gestes de caractère, et convenables à l'art : par exemple, — les jambes croisées exprimoient la douleur ; chez les femmes, la main rapprochée de la tête et soulevant par derrière, le voile, exprimoit la pudeur. Les pieds en arrière avec les orteils un peu refoulés exprimoient le caractère agreste et naïf des bergers. Un pied posé sur un rocher ou sur tout autre objet élevé, et le bras appuyé sur le genou, du même côté, étoit une attitude héroïque qu'Eckel prétend être un signe de propriété et de puissance. Les mains de la Diane d'Ephèse ont peut-être servi à consacrer l'attitude des figures priantes, dont l'usage a passé dans le culte chrétien Il est bon que le peintre connoisse tous ces gestes, et s'il ne convient pas qu'il les introduise dans certains sujets, il peut user quelquefois de ceux qui ne sont pas mystérieux, afin de transporter le spectateur au temps des mœurs reculées et de le captiver par cette teinte antique, qui n'est jamais sans charme, et dont le Poussin s'est efforcé souvent d'embellir ses ouvrages.

Du Geste théâtral.

L'ANALOGIE que l'on a cru reconnoître de tous temps entre l'art du geste théâtral et l'art du geste de la peinture, a déterminé fort souvent les peintres et les sculpteurs à faire des emprunts aux acteurs sur la scène. On s'est dit, le but du comédien, comme celui du peintre, est l'imitation : tous deux ont pour prototype la nature, pour modèles les passions des hommes, et pour moyen la pantomime ainsi que les mouvemens; mais cette comparaison, juste en apparence, ne sauroit se soutenir en présence d'une définition exacte de l'un et de l'autre art. C'est ce je tâcherai de démontrer tout à l'heure.

Vraisemblablement, à Athènes et à Rome les sculpteurs, les peintres et les pantomimes des théâtres, étoient dans l'usage de se faire des emprunts réciproques. Les conséquences en ont-elles été les mêmes chez eux que parmi les modernes, et les anciens ont-ils toujours tiré un bon parti de ces échanges? c'est par la connoissance des règles seules qu'on peut jeter de la lumière sur ces questions.

Telle attitude que nous retrouvons sur les monumens, aura pu devenir classique parce qu'un
habile acteur en ayant offert le type sur le
théâtre, quelque grand statuaire l'aura recueil-
lie et répétée dans son atelier. Il est certain que
le peintre a beau imaginer de belles poses, de
belles lignes et des gestes significatifs, il ne les
réalisera véritablement que quand des modèles
vivans les auront offerts à sa vue, et c'est toujours une découverte précieuse pour lui que les
gestes d'un individu dont la belle conformation
et la grace d'action, offre de ces mouvemens
qu'il auroît en vain cherchés dans le vague de son
imagination. Nous ne devons jamais perdre de
vue, dans ces rapprochemens, que les représentations des théâtres de l'antiquité étant presque toujours religieuses ou politiques, et la dignité et la convenance du geste étant, pour ainsi
dire, sous la surveillance des magistrats; il est à
croire que les peintres et les statuaires pouvoient
faire des observations et des études très-utiles
lorsqu'ils assistoient à ces beaux spectacles dans
lesquels la vérité et la naïveté étoient tout autant appréciées que la beauté. Combien même
devoient être intéressans, pour le peintre, les
exercices préliminaires des acteurs lorsqu'ils re-
pétoient leurs pantomimes (1), lorsqu'ils com-

---

(1) Quelques figurines d'Herculanum semblent nous retracer des personnages scéniques, occupés à ces exercices pré-

DANS L'ART DE LA PEINTURE. 59

posoient leur geste, leur vêtement (1), ainsi que
la manière dont ils devoient porter une arme,
manier un accessoire; car dans ces fameuses re-

paratoires. Ces fragmens de peinture, que les anciens n'auroient sûrement pas appelés des chefs-d'œuvre, nous offrent
cependant un goût, ou, pour mieux dire, un style merveilleux dans l'attitude et le mouvement général des personnages,
et dans leur ajustement. Pline parle du peintre Calades, qui
excelloit à représenter des sujets comiques dans de petits tableaux : *in comicis tabellis.* Voyez Caylus, *Recueil de l'Aca-
démie des Inscriptions*, tome 25.

Madame Dacier ne doute pas que, du temps de Térence,
les comédiens ne fissent les mêmes gestes qui sont représentés
par les figures du manuscrit de Térence, du Vatican; mais
celles que B. Picard a gravées pour la traduction de madame
Dacier, ne ressemblent point aux originaux. Il a maniéré
les poses et ajusté le tout à sa façon et suivant le goût ré-
gnant, comme tous les antiques qui sont passés par ses
mains.

(1) L'art de draper est intimement lié à l'art du geste
théâtral. Cet art, que les Latins appeloient *amicire*, devenoit une étude importante, dont les anciens s'occupoient à
la ville comme au théâtre. On comprend tout l'avantage que
peut en tirer l'acteur qui recherche la beauté et l'expression
des convenances, lorsqu'il a à sa disposition non-seulement
des vêtemens d'un bon choix, mais des draperies suscep-
tibles de mouvemens et de variétés très-combinées. Chez
nous, les draperies, le manteau de l'acteur, sont fixés et
accrochés de manière que la physionomie optique de l'ajustement est toujours la même. Aussi les bras, le torse, et
toutes les parties offrent éternellement le même effet; mais
tous ceux qui s'extasient sur la réforme dans le costume du
théâtre, ne sont pas si difficiles.

présentations, il s'agissoit de plaire à des Athéniens, à un peuple de sculpteurs, de peintres,
de poëtes, tous remplis de goût, de finesse et
d'irritabilité, et tous d'accord sur la vraie beauté
et sur la convenance.

Il y a une multitude de choses à dire pour
prouver que le théâtre des anciens devoit servir
d'aliment à la peinture et à la sculpture.

On conçoit que si l'on vouloit donner ici à cette
matière toute l'étendue dont elle est susceptible,
on recueilleroit une foule de recherches très-inté-
ressantes qui ont été faites par les antiquaires sur
la danse et sur l'art du théâtre des anciens ; mais
cela n'entre pas dans le plan de cet écrit. Cependant je crois utile et à propos ici de citer ce qu'on
trouve, sur cette question, dans le Dictionnaire des beaux arts de M. Millin, à l'article
hypocritique.

« La musique hypocritique, que les Grecs
» nommoient *Orchesis* et les Romains *Saltatio*,
» étoit une espèce de danse, dont, suivant Athé-
» née, Thélestes fut l'inventeur. Elle consistoit
» à imiter les démarches, les attitudes, les gestes :
» en un mot, tous les mouvemens dont on ac-
» compagne le discours, ou dont on peut se ser-
» vir pour faire comprendre ses idées sans le
» secours de la parole. Il ne faut donc pas con-
» fondre la danse avec le saut, mais se rappeler
» que la véritable danse des anciens étoit une
» pantomime. Cet art, que nous appelons l'art du

» geste, se subdivise en plusieurs espèces et avoit
» produit un grand nombre de danses différentes,
» sur lesquelles on peut consulter l'orchestrique
» de *Meursius*. C'étoit de tous les arts musicaux
» celui que les anciens aimoient le plus. Il étoit
» aussi utile à l'orateur qu'à l'histrion. Les gestes
» de la danse antique, ou plutôt de la saltation,
» devoient signifier quelque chose et être un dis-
» cours suivi. Le terme *danse* servoit également
» pour exprimer l'action de faire des gestes et
» celle de jouer la comédie : ainsi la danse de
» ce temps-là ne ressembloit pas plus à la danse
» du nôtre que notre musique ne ressemble à
» celle des anciens. Chez nous, l'art de la mu-
» sique n'est que celui de combiner et de rendre
» des sons : chez eux, cet art renfermoit la poé-
» sie, la saltation ou la danse, l'art dramatique
» et quelquefois la théologie et la politique.
» Notre danse ne comprend que les attitudes,
» les pas, les graces et les sauts. Celle des an-
» ciens renfermoit, outre cela, l'art d'exprimer
» sans paroles, et de jouer la comédie, et même la
» tragédie. C'étoit la musique qui enseignoit à
» exécuter tous les gestes propres au genre dra-
» matique, comique et satirique, et cette musi-
» que instrumentale s'appeloit musique hypo-
» critique, c'est-à-dire qui contrefait, qui imite.
» Elle étoit aidée de la musique rhythmique, qui
» lui indiquoit les momens en lui marquant les
» mouvemens. En écrivant les vers, on mettoit

» au-dessus les gestes que devoient faire les his-
» trions, et c'est cet art d'écrire que nous n'a-
» vons plus et qu'on ne peut même concevoir.
» Il falloit que le déclamateur et le gesticulateur
» allassent ensemble d'un parfait accord; car un
» geste hors de mesure passoit pour une faute
» capitale, ce qui avoit donné lieu au proverbe
» grec, *faire un solécisme avec la main*. L'ha-
» bitude des spectacles avoit rendu le peuple si
» connoisseur dans cet art, que la moindre faute
» étoit aussitôt aperçue et impitoyablement sif-
» flée. L'art de la saltation étant perdu, on ne
» peut en parler que par conjectures; mais ce
» qui n'est pas douteux, c'est que les comédiens
» anciens excelloient dans l'art des gestes. La si-
» gnification de *saltatio* empêche de trouver ri-
» dicule que les chœurs dansassent, même dans
» les endroits les plus tristes de la tragédie,
» puisque le genre de danse qu'Aristote prescrit
» dans sa poétique, ne signifie que les gestes
» que faisoient les chœurs. Un de ces chœurs
» fut représenté avec tant de force dans la tra-
» gédie des Euménides d'Æschile, que, selon
» la tradition vulgaire, plusieurs femmes grosses
» accouchèrent sur le théâtre d'Athènes. Cet évé-
» nement fut cause qu'on réduisit à quinze ou
» vingt personnes le nombre des acteurs de ces
» chants terribles, où figuroient quelquefois
» cinquante personnages. L'art de la saltation se
» perfectionna au point que les comédiens cé-

» rent entreprendre de jouer toutes sortes de
» pièces de théâtre, sans ouvrir la bouche. On
» les nomma pantomimes, c'est-à-dire imitateurs
» de tout. »

Tout le monde sait quelle sensation produisirent à Rome les pantomimes Pylade et Bathylle, son élève, qui vivoient sous Auguste. Ils fondèrent des écoles qui furent dirigées par leurs élèves, sans interruption. Les pantomimes jouirent de grands honneurs, de grands priviléges : l'histoire et plusieurs monumens l'attestent. Il se formoit pour eux des partis et des cabales; et ils prirent des livrées différentes. Les uns s'appeloient *les bleus*, les autres *les verts*, etc. Plusieurs écrivains ont parlé de la grande impression qu'ils faisoient sur les spectateurs; et Juvénal, entre autres, nous apprend que Bathylle, en représentant les amours de Léda, porta un instant le désordre dans le cœur des dames romaines. Il est à remarquer que les acteurs jouoient masqués; ce qui force à rejeter l'effet principal de leur expression sur l'art de la pantomime (1).

_____

(1) L'importance que les modernes mettent à l'art de la danse est de toute autre espèce. Il y a long-temps que les observateurs se plaignent de l'usage des sauts et des pirouettes; mais les critiques crient dans le désert. Voici ce que disoit à ce sujet, il y a plus de quarante ans, un homme de bon sens. (*Lettres sur la danse;* 1771, chez Jorry fils). « Nous n'avons plus de danse; mais ne pourrions-nous pas » en avoir? La danse, la véritable danse, la seule qui pût

Cet aperçu doit suffire pour donner une idée de l'importance que les anciens apportoient à la pantomime des théâtres, et pour nous convaincre de l'avantage que les autres arts d'imitation pouvoient en retirer : il est donc naturel de penser qu'un assez grand nombre de gestes scéniques ont pu passer dans le domaine de la peinture et de la sculpture. On pourroit ajouter encore, qu'il est à remarquer que tous les autres spectacles, tels que ceux des cirques, des arènes, qui pouvoient fournir des idées et des modèles aux peintres, offroient constamment les mêmes leçons de beauté et de décence : enfin, pour me servir d'un exemple, il falloit que les maîtres d'escrime *Laristœ*, qui instruisoient les gladiateurs, leur montrassent non-seulement à se bien servir de leurs armes, mais il falloit encore qu'ils enseignassent à ces malheureuses victimes dans quelle attitude il fal-

---

» mériter ce nom, la danse théâtrale enfin, est l'art de rendre
» les diverses impressions de l'ame par les mouvemens variés
» des différentes parties du corps. Ainsi toute personne qui,
» arrivant du fond du théâtre, s'élancera en l'air d'un air
» léger, fera un entre-chat à huit ou à dix, s'avancera sur
» la scène par un noble et ennuyeux terre-à-terre; fera en-
» suite des balancemens, des jetés battus, des pirouettes,
» des à-plombs, des brisés, des temps de cuisse, sera juste-
» ment applaudie par les amateurs; mais s'il ne fait que cela,
» il n'aura pas dansé. Les pas ne sont que le mécanisme de
» la danse; la pantomime en est l'ame et la vie. La danse unie
» à la pantomime est un art; la danse séparée de la panto-
» mime n'est qu'un métier ».

loit tomber, et quel maintien il falloit tenir lorsqu'on étoit blessé mortellement. Ces maîtres leur
apprenoient, pour ainsi dire, à expirer de bonne
grace.

Si nous voulions savoir maintenant quelle a pu
être l'influence de la peinture et de la sculpture
sur l'art du théâtre, et ce que les acteurs ont pu emprunter aux tableaux ou aux statues, nous n'hési-
terons pas à reconnoître qu'ils ont dû retirer avec
usure l'intérêt des prêts qu'ils ont pu faire ; et cela
se prouve en deux mots. En effet, le peintre n'a
pas besoin, pour choisir dans la nature, d'étudier
l'art du comédien ; mais celui-ci, pour bien choisir, a besoin de connoître plusieurs lois de l'art
du peintre. Le comédien, il est vrai, offre au
peintre sa chaleur, son ame ; mais il n'offre point
son art. Celui-ci, au contraire, lui offre et sa
chaleur et les combinaisons de son art qui, par
la fixité et la durée de ses images, peut être
constamment étudié et approfondi : d'ailleurs le
comédien peut-il avoir fait les mêmes recherches
et être aussi familier que le peintre avec les
secrets de la disposition, avec ceux de la grace
et de la beauté, secrets qui dépendent du calcul
des lignes et des combinaisons optiques dans les
gestes et dans les vêtemens (1)? Connoît-il les

---

(1) Il est vrai que les lois du beau optique ne diffèrent
dans aucun art d'imitation où il s'agit du plaisir des yeux,
et il est à croire que, chez les anciens, ces lois et ces règles

moyens de caractériser les différens modes , depuis la plus grande magnificence jusqu'à la plus austère simplicité ?

Mais revenons à l'important examen des différences qui empêchent d'assimiler le geste théâtral et le geste pittoresque , et qui fixent leurs limites réciproques. Je n'étendrai pas ce parallèle au-delà du point que je traite, et je vais simplement exposer quelques idées sans consulter les traités écrits sur l'art du théâtre.

Le caractère poétique , dramatique , tragique ou comique de la scène , oblige l'acteur à s'élever au-dessus de la nature ordinaire. La nécessité où il se trouve de produire le plus grand effet possible , l'autorise à une espèce d'exagération sans laquelle il ne paroîtroit pas être en harmonie avec le ton général du poëme et de tout

---

étoient apprises assez rigoureusement dans les écoles des comédiens ; mais il est certain qu'ils recouroient à la sculpture et à la peinture. Nos acteurs pantomimes , nos danseurs et nos maîtres de ballet, courroient grand risque en consultant les tableaux des musées. Aussi n'ont-ils rien de mieux à faire pour former leur goût (car le goût, qui est le sentiment du bon , est perfectible), que d'étudier et de rechercher les monumens. S'ils partent des principes certains du beau, ils parcourront les combinaisons les plus variées, les plus neuves , et feront avancer leur art ; et s'ils s'en rapportent au contraire à ce goût vague et individuel , que la vanité nous fait considérer toujours comme excellent, et qui n'est , à la rigueur, qu'un goût de lazzis et d'habitudes , ils le feront rester des siècles entiers dans un cercle vicieux.

le spectacle. On aime dans un personnage de théâtre des manières et des gestes qui soient au-dessus des gestes et des manières ordinaires dont les hommes soutiennent leurs discours. Je sais bien que cette élévation devroit toujours être vraie et prise dans les convenances de la nature ; mais le spectateur ne hait pas une pantomime et des manières imposantes et un peu exagérées. Il n'en est pas de même en peinture. Un tableau , tel relevé qu'il soit dans son aspect, n'oblige pas le peintre à outrer les gestes de ses figures. Il proportionne la pompe de ses décorations au sujet et aux personnages , et tout est d'accord dans le ton qu'il a voulu lui-même donner ; première cause du danger attaché à l'imitation des acteurs.

J'en trouve une seconde dans la nécessité où se trouve l'acteur de mettre ses gestes à la hauteur du ton de sa voix et du ton des expressions verbales employées par le poëte. En effet, comment débiter des phrases énergiques, pompeuses, des mots d'un grand choix , et faire résonner ces grands mots avec la force et l'intensité propre à l'étendue d'un grand théâtre , sans accompagner ces efforts d'une espèce de gestes analogues, et sans faire participer sa pantomime de cette même exagération (1)?

---

(1) Tout le monde sait que les mêmes gestes, exécutés sur un fort petit théâtre, seroient insupportables.

Il y a ensuite une autre considération toute particulière au comédien. C'est le besoin de faire comprendre et de faire sentir fortement les idées du poëte, de prouver qu'il les sent lui-même et qu'il les rend avec exactitude. Ses gestes lui servent donc d'interprètes, et dans le cas où il n'auroit pas frappé les oreilles, il s'adresse au sens de la vue. Il prononce en gesticulant, il double la force des épithètes acoustiques par des épithètes optiques, et c'est en ceci qu'il est presque toujours le comédien, l'acteur du théâtre, et non le personnage de la nature. Il faut remarquer qu'autre chose sont les affections de l'ame, autre chose les vues de l'esprit, et que le peintre ne doit représenter que les sentimens et non les idées. Ajoutons que le comédien craint de répéter les mêmes signes successifs. Il doit les varier, les changer, et n'être pas monotone aux yeux des regardans ; il craint même de gesticuler le lendemain, précisément comme il a pu le faire la veille. L'attrait de la nouveauté le domine, et souvent il remplace des vérités connues par des impropriétés nouvelles, comme si, dans les diverses copies d'un même ouvrage, il falloit effacer les bons endroits pour y substituer de mauvais changemens.

Enfin le spectateur qui veut être remué, excité, n'apporte souvent qu'une attention languissante : il faut le réveiller, le piquer ; il faut parfois crier des bras comme on crie de la voix, car les poëtes font bien souvent traîner l'intérêt par des discours éternels qui assoupissent et qui ennuient les regardans. Une figure me déplaît dans un tableau, je tourne les talons et j'en suis quitte; mais au spectacle on est souvent emprisonné : il faut attendre la fin de cette longue tirade, il faut bâiller et rester là. Que fait l'acteur? il s'échauffe, il s'agite, il nous rappelle à la scène : il fait tout pour exciter nos regards ; mais sa fausse chaleur excite souvent notre sourire et nos murmures.

Parlerai-je aussi de cette indulgence que le public accorde à l'acteur et qu'il refuse au peintre, à cause du temps que celui-ci peut employer à l'exécution de son tableau, tandis que l'acteur doit en quelques heures nous retracer mille situations diverses? Il en résulte qu'un geste vicieux est toléré, parce qu'on espère un instant plus tard être dédommagé par une belle expression.

Dirai-je encore que la laideur du geste n'est que passagère ; que les actions du corps sont transitoires et fugitives, tandis que les gestes de la figure peinte sont continuellement laids et sans retour?

Qui ne sent pas encore que l'acteur jouit de tous les droits de sa célébrité ; qu'elle en impose souvent à la critique, et qu'elle nous fait goûter bien des vices qu'on est prêt de regarder comme des beautés et des règles? Le peintre, au contraire, voit souvent son tableau exposé à la censure de gens qui en méconnoissent l'auteur, et c'est réellement pour la postérité qu'il produit ses ouvrages.

Je vais terminer ces considérations par comparer la distance qui sépare le spectateur, de la scène jouée, et celle qui sépare le tableau peint, du regardant. Cette comparaison est si familière à l'esprit de tout le monde, qu'il est inutile de la pousser bien loin. Je dirai donc seulement que, rigoureusement parlant, le peintre ne peut emprunter la pantomime de l'acteur, que dans le cas où ce dernier n'auroit point calculé ses gestes d'après un très-grand éloignement. Cela nous ramèneroit aussi à la question du point de vue sous lequel un geste beau peut souvent paroître laid: mais en voilà assez sur cette question.

On a dit, il y a long-temps, qu'imiter des acteurs, c'étoit imiter des imitations, et que bien que le comédien fût réellement un personnage vivant et naturel, ses passions exprimées par des gestes pouvoient fort souvent paroître factices et hors de nature. Cette vérité bien sensible a été cependant méconnue d'une foule d'artistes modernes, qui, dans les écoles d'Italie même, ont été dupes de l'influence théâtrale; car si l'on excepte quelques ouvrages qui datent des âges de simplicité, on reconnoît dans presque tous les autres, outre le goût académique (1), tel que celui, par exem-

_____

(1) Quand je dis goût académique, je veux dire goût vicieux des diverses académies. Je n'ignore pas que l'on comp-

ple, dont les chefs de l'école florentine ont infecté la peinture, un je ne sais quoi de violenté
dans les actions imitées et une certaine expression factice dans le geste, qui les fait ressembler
plus aux acteurs du théâtre qu'aux acteurs de la
nature. Je sais qu'on peut appeler ce point difficile un véritable écueil. Le grand Poussin lui-
même ne l'a pas toujours évité. Ses personnages

---

toit plusieurs écoles dans l'antiquité, et qu'on en distinguoit
les styles ; mais si à Corinthe, à Sycione, à Athènes, on
suivoit des goûts d'école différens, je ne doute pas que ces
goûts ne fussent tous conformes à l'art et à la nature. Quant
aux conjectures que pourroit fournir l'érudition sur cette
importante question, elles ne pourront jamais être satisfai-
santes, sans les lumières d'un artiste qui sauroit voir, dans
les monumens, des caractères artistiques qui échapperoient
au simple savant. Aussi est-ce une nouvelle mine qui reste
à exploiter. Hagedorn, d'après H. Testelin, en parle à son
aise, quand il compare l'école lombarde à l'école de Corinthe, l'école romaine à l'école d'Athènes, et qu'il pousse
jusqu'au bout cette espèce de plaisanterie. Ce parallèle rappelle celui qu'entreprit, en 1752, le marquis d'Argens, qui,
voulant persuader à tout Paris que l'école française égaloit
l'école d'Italie, n'hésita pas à assimiler La Fosse à Paul
Véronèse, Blanchard de Lyon au Titien, ainsi de suite. Cet
écrit lui attira une réponse convenable de la part de l'Italien
Venuti, qui ridiculisa la hardiesse de cette entreprise.

Le mérite respectif des écoles est reconnu. Les Grecs ont
été plus habiles que ne le furent depuis les Italiens. Les
Italiens, jusqu'à nos jours, valoient mieux que les Français
dans les arts, etc., etc. Les préjugés, la mauvaise humeur,
la vanité, ne changeront rien à cet ordre.

jouent quelquefois leurs rôles comme sur un
théâtre où l'on toléreroit les combinaisons et les
calculs de l'esprit. Cette naïveté rare, qui transporte de suite en présence de la nature, n'est pas
une petite vertu dans les arts, et elle a coûté aux
Grecs eux-mêmes plus de peines et de sueurs
qu'on ne l'imagine. On a beau dire : comment
travailler à être naïf? il est certain que les grands
artistes de l'antiquité y ont travaillé, sur-tout
à certaines époques, et qu'ils y sont parvenus
plus souvent qu'on ne le pense, par la seule force
de la philosophie. Avant de faire une chose dans
les arts, il faut l'aimer et vouloir la faire; mais si
les maximes sont fausses, si les peintres croient
devoir imiter les gestes des comédiens, par cette
raison qu'ils sont des modèles vivans et qu'ils
connoissent les lois de l'exagération et de l'énergie, cette erreur pourra corrompre toutes leurs
productions. Nous avons un exemple bien sensible de ce défaut, que les étrangers ont reproché
justement à l'école française : c'est dans Charles
Coypel. Ce peintre, qui auroit pu exceller dans
les expressions, avoit mis en principe qu'on
n'avoit rien de mieux à faire qu'à imiter les acteurs. Dufresnoy, de Piles, et Léonard de Vinci
vont plus loin. Ils recommandent l'imitation des
muets dans leurs pantomimes, parce que, disent
ces écrivains, les muets étant privés des signi-
gnifications de la parole, ils possèdent mieux
l'art de se faire comprendre par leurs gestes; mais

comme autre chose sont les vues de l'esprit, et autre chose sont les affections de l'ame, par ce moyen l'on ne peindroit que des muets ou des comédiens qui veulent être compris, et l'on ne peindroit pas les hommes de la nature. Aussi Charles Coypel peignoit-il dans ses tableaux, non seulement des comédiens, mais des comédiens français et même des comédiens de la cour de Louis XIV et de Louis XV; il alloit quelquefois jusqu'à imiter une partie de leurs pitoyables costumes. Qu'a-t-il produit? de petits effets avec des moyens forcés, et les cœurs n'ont pas été sa dupe. Les temps ont changé. Les acteurs des théâtres sont revenus de ce mauvais goût. Cette amélioration a séduit : on l'a appelée du nom de perfection, et les peintres ont encore imité des acteurs. Ils ont imité le mouvement de leurs bras, de leurs poignets, de leurs jambes; leurs écarts, leurs contrastes, leur tension, leur violence, toute leur tournure enfin et tout leur maintien. Beaucoup de peintres vont donc s'inspirer au théâtre, et ils trouvent ces études plus commodes et plus faciles que celles qu'ils devroient faire devant la nature (1).

_____

(1) Ce n'est pas pour critiquer quelques comédiens maniérés que je fais ces observations. Si ces acteurs influent sur le goût national, j'en gémis en silence avec les amis du beau et de la simplicité; mais quand il s'agit de préserver des élèves, qui courent abreuver cette soif de la jeunesse à

Que les peintres n'empruntent donc aux acteurs que les gestes spontanées dérivant de la nature, et non ceux qui appartiennent à l'art théâtral. Qu'ils apportent la même retenue dans le choix de ces actions et de ces gestes, qu'ils en apportent en présence des scènes même de la nature, qui, pour un signe convenable, nous en offre mille que la peinture doit rejeter. Que le peintre se méfie de tous les gestes dramatiques et tragiques que les acteurs veulent rendre très-forts et très-remarquables. Presque toujours ces gestes sont des imitations de telle ou telle manière de coulisse, de tel ou tel comédien : presque toujours ils sont outrés, laids et impropres. Combien n'en voit-on pas qui sont guindés pour être nobles, hideux pour être véhémens, et triviaux pour être naïfs? Que peut espérer l'artiste à de pareils spectacles, et que n'a-t-il pas à redouter de leur influence lorsqu'il lui faudra obéir aux lois austères de son art? Cependant ce sont ces mêmes gestes que le parterre, plus ou moins maniéré lui-même, plus ou moins barbare, applaudit de préférence. Quelque acteur, il est vrai, ami de la décence et de la beauté, peut développer par fois l'énergie de son ame dans le vrai mode de la tragédie : il peut se faire que, nourri des images nobles des anciens,

---

des sources impures, des ménagemens seroient des foiblesses coupables.

il offre un geste dont l'effet nous transporte et nous électrise : alors l'artiste spectateur doit payer son tribut d'admiration et de sensibilité ; mais qu'il se rappelle toujours les règles sévères et le langage particulier de son art. Qu'il ne perde jamais de vue que la traduction qu'il pourroit faire en peinture de cette même expression théâtrale qui lui paroît si belle, ne peut être écrite que dans une langue différente qui a ses combinaisons, ses nécessités et ses limites particulières, et que, tout échauffé qu'il est par les effets qu'il vient d'admirer, il n'aille pas sans réflexion en faire un calque ridicule sur la toile.

Il faut observer que cette habitude funeste de copier en peinture les expressions des acteurs comme étant des expressions naturelles, ne provient pas toujours du peu de jugement des artistes, mais qu'elle provient souvent aussi de l'impression très-forte et très-durable que font sur eux les fréquens spectacles du théâtre. Il faut tâcher encore d'expliquer ceci.

Toutes les fois que les rapports entre les signes sont très-perceptibles, il en résulte un effet très-intense sur les organes, sur l'intelligence et conséquemment sur la mémoire : or les signes de la scène sont très-frappans et très-perceptibles, et ils nous affectent aussi vivement au moins que les signes des tableaux. Ce sont de vraies peintures animées, circonscrites dans un cadre plus ou moins étendu, mais qui est déterminé et qui fixe et concentre toute notre attention. Pourquoi l'influence des tableaux sur les écoles et sur le goût est-elle si forte et si durable? C'est que les tableaux, comme les représentations théâtrales, nous frappent par des signes dont les rapports sont bien plus déterminés et bien plus circonscrits que dans la nature, et que l'ordre dans lequel ils se présentent à la vue, à l'esprit et à la mémoire, est bien plus distinct et bien plus remarquable que l'ordre incertain et fugace des signes naturels offerts par le hasard. Les gestes de la scène se retracent encore à la mémoire par l'association de mille idées qui rappellent un grand nombre d'autres comparaisons dont nous avons été frappés au théâtre : par exemple, les images des sites, leur forme et tout leur caractère, l'éclat des parties vivement éclairées, les acteurs secondaires qui, par leur attitude, déterminent les lignes et les groupes ; leur costume, leur physique, leur renom, tout nous a frappé, et le souvenir de ces choses active le souvenir des gestes et de toute leur pantomime. Voilà les causes qui retracent sans cesse à l'imagination des artistes les gestes vus au théâtre, toutes les mille et mille situations imitées par les acteurs, seront donc toutes retenues et classées dans la mémoire de l'artiste regardant, et elles seront mieux retenues souvent que les situations réelles offertes par la nature. Comment donc les rejeter ou les oublier, ces milliers de gestes mensongers et laids, dont la vue est, pour ainsi dire, tellement saturée, qu'elle ne peut plus recevoir les impressions touchantes de la nature? Comment redevenir naïf, vrai et chaste dans ses idées, lorsqu'on est devenu esclave de ces fantômes qu'on va tous les jours applaudir et dont on cherche même à s'inspirer? Je doute que le grand Poussin fréquentât les théâtres de Rome : je doute que le grand Raphaël ne se fût pas un peu guindé, un peu maniéré, beaucoup guindé, beaucoup maniéré, s'il eût suivi nos représentations journalières, s'il eût suivi l'historique théâtral de nos acteurs, de nos coulisses, de nos loges, etc. Artistes, dont le devoir est de perpétuer la beauté parmi les hommes, méfiez-vous du théâtre, méfiez-vous des imitations; aimez la nature, aimez les Grecs; payez les spectacles qu'ils nous donnent, payez les leçons qu'ils ont écrites : mais une seule mauvaise représentation théâtrale peut vous perdre et gâter votre goût pour toujours; tandis qu'une soirée passée en présence d'un beau modèle ou d'une belle statue antique ne sera jamais à regretter.

Cependant, peut-on objecter, il se trouve parfois des acteurs d'un rare mérite, et qui laissent même aux peintres de grands exemples; des acteurs qui étudient les mœurs, la nature, et dont les leçons ne peuvent qu'alimenter le génie. Il s'en trouve parfois qui sont pleins d'instruction, d'élévation, et qui, s'affranchissant des préjugés d'un parterre oisif et blasé, ambitionnent plus les larmes du spectateur sensible et éclairé, que les *bravos* des gens de parti ; en un mot, des acteurs amis de la vertu et de la beauté. C'est bien ce que je pense ; et je ne doute pas de tout l'avantage que la peinture pourroit retirer du talent de ces hommes distingués. Aussi voyons-nous dans les écrivains les noms célèbres de certains acteurs qui, par leurs études et leur amour pour la perfection, pouvoient rendre de pareils services. Valère-Maxime nous apprend, par exemple, que Roscius et Ésope, ces fameux comédiens, se trouvoient continuellement dans l'auditoire de l'éloquent Quintus Hortensius, pour en étudier les gestes, afin de parer le théâtre des beautés muettes du barreau. « On sait, dit Valère-Maxime, avec » quelle étude ce dernier s'appliqua à cette élo- » quence muette, à peine connue de nos jours. » J'ajouterai ici que Démosthènes prenoit des leçons de gestes du comédien Tirésias. Un autre écrivain nous dit, en parlant de ce même Roscius, que cet excellent comédien, contemporain de Cicéron, ne représentoit jamais aucune action devant le peuple, sans l'avoir étudiée et concertée très-long-temps dans sa maison, et sans avoir répété d'avance jusqu'aux moindres gestes ou mouvemens du corps : je crois que c'étoit ce même pantomime qui luttoit avec Cicéron, dans l'art d'exprimer certains sentimens ; celui-ci employoit la force du discours, l'autre l'éloquence du geste ; et cela par des moyens toujours différens.

En général, la manière et le mauvais goût est
ce qui blesse le moins les spectateurs. Il est très-
vrai qu'un acteur peut toucher, attendrir, être
plein de feu, de verve et d'intelligence, et être en
même temps maniéré, un peu affecté, faux, et
même trivial et fort laid dans ses gestes : il peut
être, en un mot, très-éloigné du vrai type, qui
est la belle nature, et néanmoins avoir un fort
grand talent et un fort grand succès. Si l'on jette
un coup-d'œil sur les portraits des acteurs français
du dernier siècle, et de tous les acteurs de l'Europe, que la gravure nous a conservés, on ne
pourra s'empêcher de penser, malgré la persuasion
où l'on est que leur réputation n'a pas été usurpée,
que leur maintien, leur geste, leur allure indi-
quent des êtres maniérés, apprêtés, barbares ;
enfin qu'ils devoient être fort ridicules. Et cela est
la vérité, quoiqu'on ait pleuré à leurs représentations ; car un temps peut avoir lieu où l'on s'accou-
tume tellement à la grimace, à la minauderie et
à l'afféterie, que la simplicité et le naturel paroissent insipides. Un temps peut avoir lieu, où quelques progrès, dans certaines parties de l'art,
fassent trouver excellent tout le reste des habitudes pernicieuses.

Les personnes qui ont vu naître l'heureuse
réforme qui s'est opérée au théâtre, à la fin du
dix-huitième siècle, peuvent être tout émerveil-
lées à la vue de certains acteurs d'aujourd'hui,
qui parfois rappellent les mœurs antiques par

leur costume et leur maintien. Il n'est pas surprenant que le même spectateur qui se rappelle
les héros et les héroïnes grecques et romaines
affublées de paniers, chaussant la mule poin-
tue au lieu du cothurne tragique, ayant la tête
chargée de coiffures colossales, où les perles, les
guirlandes, les nœuds, la pommade, l'amidon
et les panaches étoient accrochés d'une manière
si plaisante ; il n'est pas surprenant, dis-je, qu'il
soit éloigné du rigorisme et dans le costume,
et dans les mœurs tragiques actuelles. Mais si nous
partons de la comparaison fournie par les anciens
eux-mêmes, au lieu de celle que nous offre le souvenir de ce pitoyable goût, auquel nos descendans
voudront à peine croire, nous ne pourrons nous
empêcher de reconnoître combien est long à par-
courir le chemin qui sépare le style barbare, du
style de la perfection, et quels constans efforts ne
doivent pas faire les amis du bon et de l'excellent,
pour atteindre au vrai but !

Oui, l'étude du geste dans les monumens doit
être l'objet des continuelles recherches du peintre
comme du comédien : c'est dans cette étude que
ce dernier reconnoîtra les signes propres à caractériser non-seulement les mœurs, mais toutes
les passions. Il y apprendra à distinguer ce qui
constitue ce décorum, et cette dignité qui est
inséparable du caractère tragique et héroïque,
ainsi que cette simplicité qui rappelle toujours la
nature. Il y trouvera mille moyens de s'élever, par

le geste, à la hauteur du poëte. Il y apprendra l'art d'embellir sa pantomime par des draperies belles et mobiles à son gré, et il pourra, par ce moyen, varier le caractère optique de toute sa personne suivant le caractère poétique des situations.

Si les acteurs parviennent à peindre la vraie grace antique, qui est la vraie grace de la nature ; s'ils ne remplissent la scène que de gestes beaux et convenables ; s'ils nous font voir enfin des personnages dont le maintien, les attitudes et les actions élèvent l'ame et rappellent la dignité de l'homme, pourquoi ne verroit-on pas peu à peu les autres arts se ranger sous cette influence ? La musique épurera et simplifiera ses chants ; l'architecture agrandira et ennoblira ses dispositions, et sera en harmonie avec la majesté et la décence des acteurs : elle expulsera ce reste de barbarie qui dénature le caractère du lieu ; elle changera la disposition de la lumière qui éclaire les acteurs, effet ridicule que l'accoutumance et la routine tolèrent et que notre industrie chimique pourroit si facilement corriger. La peinture scénique deviendra plus austère, plus vraie ; les décorations et les sites concourront mieux à la gravité et à la hauteur du sujet, enfin tous les beaux arts rivaliseront pour élever et ennoblir leur style ; les sculpteurs et les peintres pourront alors monter leur imagination à ces grands spectacles comme ils le faisoient jadis

6

à Athènes et à Rome, et tous les arts enfin dont le but est de rendre la vertu visible, contribueront réellement au bonheur de la société.

Puissent ces aperçus diminuer la confiance aveugle des artistes qui vont puiser leurs leçons dans les théâtres et sur la scène! Puissent-ils rappeler aux acteurs l'influence que leur manière ou leur affectation peut avoir sur les autres arts, qui tous les jours les mettent innocemment à contribution!

Des Gestes statuaires.

Le geste statuaire n'est pas si différent du geste pittoresque qu'on l'a pensé jusqu'ici. Les modernes ont établi dans les écoles des démarcations exagérées entre la peinture et la sculpture, et ces prétendues différences n'ont été désignées avec tant d'importance, qu'afin de déguiser cette grande distance qui sépare le mérite des chef-d'œuvres antiques de celui de nos tableaux. Les professeurs n'ont donc cessé de répéter que la peinture ne devoit point ressembler à la sculpture antique; mais il est à remarquer que par une inconséquence vraiment singulière ces mêmes artistes ont produit des statues semblables en tout à leur peinture, et ils ont mis eux-mêmes en évidence leur foiblesse ou le vice de leur théorie.

On a redit jusqu'à satiété qu'il falloit en peinture une certaine chaleur que ne comportoit pas

le marbre; que la statuaire n'étant point un art
d'illusion, elle étoit soumise à des conventions
qui la restreignoient dans de certaines combinaisons limitées; que la peinture, au contraire,
étoit un art libre, hardi, fier, énergique, un peu
exagéré et propre à remuer fortement les spectateurs. Tous ces mots sont fort bons pour faire
valoir les collections et les cabinets; mais en vérité, serions-nous à savoir en quoi consiste cette
véritable chaleur qui, dans la peinture comme
dans la sculpture, doit se communiquer à l'ame
et l'échauffer toute entière? La vraie chaleur n'est-
elle donc plus, pour les Apelles comme pour les
Lysippe et les Scopas, le résultat de cette correction vivante du dessin, de cette justesse animée
dans les plans, dans les lignes, dans les formes,
dans le jeu des os et dans le mouvement juste et
naturel du tout et des parties, résultat qui vi-
vifie les ouvrages des grands artistes qui connoissent à fond la nature? Les statues antiques
du premier ordre seroient-elles donc dénuées de
chaleur et de vie? Vérifions cette question en
fixant un moment nos regards sur les plus remarquables. Le Discobole ne va-t-il pas mouvoir et
lancer son palet? L'Apollon dans son noble courroux ne soulève-t-il pas ses vastes poumons et
les formes toutes divines de sa poitrine? Le Torse
antique, cette masse brute et informe pour le vulgaire, n'est-il pas un fragment animé qui semble
exhaler la vie, la force et la plus grande santé?

6*

La Diane , cette statue si long-temps négligée, ne semble-t-elle pas frapper l'air de ses membres agiles et de ses chastes vêtemens ? faut-il donc enfin que celui qui imite les actes et les gestes naturels par le moyen des couleurs, soit exagéré, maniéré sans simplicité et plein de licence , tandis que celui qui façonne le marbre sera sage , réservé et pourra s'illustrer par la véritable énergie de la nature et par des finesses incompatibles avec les excès hasardés de l'autre ? Que deviennent tous ces éloges ardens des amateurs de l'Antique, s'il est vrai que la peinture doive offrir plus de vie et d'expression que la statuaire ? Ne parlons plus avec étonnement de la belle douleur de Niobé et de ses malheureuses filles ; reléguons parmi les ouvrages froids et insipides son jeune fils dont le regard est lancé vers le ciel et dont toute-l'attitude a été saisie sur la nature ; oublions les lutteurs dont les muscles sont tressaillans, dont les tendons semblent glisser et s'applatir sur les os , et ce gladiateur d'Agasias dont l'extrême vérité feroit croire qu'il a été subitement pétrifié à l'instant du plus énergique élans.

Que penseroient de cette doctrine Philostrate, Callistrate, qui ont décrit tant de tableaux et tant de statues ? Que penseroit Pausanias qui parle avec les mêmes éloges de la vie des peintures et de celle des statues qui embellissoient la Grèce ; en un mot, quelle idée auroient de cette prétendue chaleur pittoresque , les Cicéron, les

Quintilien , et tous les hommes savans et sensibles de l'antiquité qui n'ont jamais écrit un
seul mot sur cette différence que nous voulons
faire passer pour un rafinement de propriété,
tandis qu'elle n'est que l'excuse ridicule de mille
et mille tableaux qui , malgré tout leur mérite,
n'en sont pas moins la honte de l'art ?

Que l'on s'exprime donc avec retenue sur les
points importans qui désignent strictement le
domaine de chaque art, et si un excès dans ce
jugement est à redouter , n'est-ce pas celui qui
nous rend méfians sur les leçons que renferment
les chef-d'œuvres des Grecs et des Romains,
chef-d'œuvres qu'il est essentiel d'aimer et de
goûter avant d'entreprendre de les imiter?

Néanmoins, les différences qui doivent empêcher d'assimiler en tout le geste statuaire et le
geste pittoresque , doivent être indiquées avec
précision ; mais le seul bon sens suffit pour les
faire remarquer. Une statue est *seule*, isolée et
concentrant l'unité de sa disposition en elle seule,
on l'aperçoit de tous côtés, et de tous côtés cette
unité doit être concentrique et jamais excentrique, c'est-à-dire qu'aucun des membres ne doit
conduire l'œil du spectateur hors de la masse,
et qu'aucune ligne ne doit paroître appartenir
au commencement d'une autre figure, comme
cela peut avoir lieu dans la peinture et dans les
bas-reliefs. De plus, le geste statuaire a cela de
particulier qu'étant représenté par une matière

également colorée, la combinaison optique des lignes, des membres ou des parties, doit se faire avec une grande économie, puisque le statuaire n'a point à sa disposition, comme le peintre, les ressources du clair obscur qui éteint et sacrifie les parties trop diffuses ou vicieuses dans leur rapport.

Une autre considération doit être encore indiquée. S'il est vrai que le geste statuaire puisse être le même pour le peintre, il ne s'ensuit pas que celui ci doive transporter inconsidérément dans ses tableaux le même geste qu'il aura admiré dans une statue, puisqu'il peut se faire qu'il la dessine sous un aspect ou un point de vue qui offre des raccourcis équivoques ou déplaisans. Le spectateur qui tourne autour de la statue évite ces aspects, et lors même qu'il seroit forcé de ne la considérer que d'un seul point, la mobilité de toute sa personne et l'oscillation de son regard lui feroient apercevoir clairement des parties qui, en peinture, seroient très-équivoques, malgré les recherches de la plus exacte perspective. Toutes ces observations sont presque des futilités, tant elles sont faciles à faire; cependant, je vais citer un exemple. Le Tireur d'épine, le Gladiateur mourant, vus de face, baissent la tête, mais ils montrent leurs visages à celui qui s'approche en circulant; et un peintre qui, dans une figure principale, placeroit une tête sous un pareil aspect, feroit un choix peu ingénieux : outre le désagrément du raccourci, il auroit l'équivoque que causeroit la couleur brune des cheveux qui, de loin, ne donneroit pas, sous certaines lumières, l'idée du volume et de la masse d'une tête, aussi nettement que le donne la couleur égale du marbre ou du bronze. Ainsi, l'on peut avancer, qu'à ces conditions près, une figure *seule* et isolée dans un tableau, doit être traitée, quant au geste et à la disposition, selon les règles du statuaire, et que celui-ci a seulement quelques difficultés à vaincre qui lui sont particulières. Pour ne pas prolonger ces parallèles, qui rameneroient la comparaison de la sculpture et de la peinture, questions étrangères à l'art du geste, je vais finir par une dernière objection. Le style de la statuaire, dira-t-on, est plus souvent monumental et plus souvent austère que celui de la peinture ; celle-ci n'a pas besoin de se réduire comme la première à la plus grande simplicité : en un mot, la statuaire est exclusivement relevée et sévère, tandis que la peinture n'est qu'un art d'agrément, et dont la destination principale est de plaire. On sent la foiblesse de cette difficulté, mais on la fait souvent valoir ; et je ne la reproduis ici que pour avoir occasion de placer la réflexion suivante.

La sévérité et la simplicité sont des qualités bien plus difficiles à introduire dans la peinture que dans la statuaire. L'unité de couleur, dans la statuaire, contribue beaucoup à sa grande simplicité, tandis que le coloris et le clair-obscur de la

peinture donnent toujours au tableau une physionomie variée, et un caractère optique vague
et un peu indécis, résultat de cette suavité inévi-
table que produit l'arrondissement des parties,
par les demi-teintes nécessaires à l'artifice du relief.
Toutes ces couleurs variées, toutes ces ombres
noyées dans les clairs, toutes ces touches vigoureuses et un peu exagérées que prodigue le colo-
riste, pour soutenir le ton de ses effets ; tous ces
moyens, dis-je, ôtent au spectacle de la peinture,
cette tranquillité majestueuse et cette simplicité
noble qui constituent une grande partie de la gravité de la sculpture ; qualités qui touchent le spectateur par des sensations grandes et imposantes.

Terminons en revenant aux anciens. Il est à
croire que cette maxime qui fait dire que le geste
pittoresque, peut être plus libre et moins sévère
que le geste statuaire, auroit été regardée, dans
les écoles antiques, comme très-pernicieuse. On
peut affirmer au moins, que les peintures antiques que nous connoissons, et qui représentent
des figures seules et isolées, les font voir conformes en tout aux statues pour le geste, et offrant
les mêmes principes dans la disposition et dans
l'ordonnance des parties. Cette similitude, qui
prouve de nouveau que la règle fondamentale de
la beauté optique est une et la même dans tous les
arts, se retrouve sans interruption jusque dans
les productions du moyen âge.

Si cette opinion n'est pas trouvée rigoureusement juste, par les critiques qui ne veulent point reconnoître de vices dans les types laissés par les maîtres de l'Italie, elle ne sera néanmoins d'aucun préjudice, vu les éloges que donneront long-temps les enthousiastes routiniers, à tant de productions fantasques, licencieuses et barbares, et aux gestes violentés et académisés des peintres des derniers siècles, qui, ayant ambitionné le titre banal de génies fougueux et d'artistes chaleureux, abandonnèrent cet ordre et cette sagesse antique, et dédaignèrent cette philosophie naturelle qui illustra pour toujours les Zeuxis et les Apelle.

Du Geste de la Plastique en général (1).

Si les gestes statuaires sont peu différens des gestes pittoresques, comme nous venons de le voir, il est facile d'imaginer que les gestes de la plastique, en général, qui sont exprimés sur les bas-reliefs, les pierres gravées etc., ont bien plus d'analogie encore avec les gestes des tableaux. La seule différence qui les caractérise provient de la nature des matières employées dans la plastique et dans la glyptique (2). Il ne s'agit donc, dans cette

---

(1) Ce mot, dérivé du Grec, a été adopté par les anciens et par les modernes pour désigner l'art de modeler. On désignoit le modeleur par le mot *plastès*.

(2) On appelle ainsi l'art de graver des images sur des pierres dures, à l'aide d'instrumens particuliers. Le mot grec *glyphein* signifie creuser.

question , que de désigner les cas où l'art de la plastique est forcé de se soumettre à certaines nécessités particulières lorsqu'il produit des expressions par le geste. Les recherches étendues que
l'on pourroit faire sur ce point , seroient ici hors
de saison , et quelques remarques doivent suffire.

Chez les Anciens, les lois de la solidité étoient
aussi sacrées dans l'art du bas-relief , que les lois
de la stabilité l'étoient dans l'architecture et dans
la statuaire. Ces lois de solidité , si bien enseignées
par les sculpteurs égyptiens , qui portoient même
la prévoyance jusques à ne se permettre des reliefs
que dans les incrustations, furent respectées par
les Grecs , bien plus encore que par les Romains.
Une règle générale dans l'art grec , étoit de ne jamais donner aux points éminens du bas-relief,
une plus grande saillie, que ne le prescrivoit l'é-
paisseur parallèle de la *dalle;* en sorte qu'il ne se
trouvoit aucune partie dont le relief très-saillant et
isolé pût produire des effets désagréables à l'œil,
et être exposé aux chocs et à une facile destruc-
tion. Il est vrai que ce raisonnement, tout simple,
n'a jamais pu convertir les sculpteurs des derniers
siècles , qui, voulant produire des illusions avec
le marbre , ont fait tellement saillir certaines parties de leurs reliefs , qu'il en est résulté des équivoques et des effets optiques vraiment ridicules.
Au surplus, ces artistes trouvoient de grands admirateurs ; et il est bon d'en citer un : c'est l'au-

teur d'un poëme latin sur la sculpture (1). Il recommande dans le paysage en marbre, la beauté
et la vérité des arbres et des fleurs, ainsi que l'imitation exacte des vagues de la mer ; et il n'a pas
manqué de dire, que les objets très-détachés de
leur fond trompent souvent les yeux ; et que cette
maxime, quoique contraire à celle des anciens,
produit plus de force et plus de beauté.

Les obstacles provenant de la matière, ont donc
fait éviter aux sculpteurs judicieux et les grandes
saillies, et les raccourcis, et les grands fuyans ;
et l'on comprend que cette gêne a dû influer sur
le choix de quelques gestes.

Quant aux têtes, si souvent représentées de pro-
fil par la plastique, non-seulement à cause de la
beauté de la ligne, comme on l'a remarqué, mais
encore pour éviter les raccourcissemens désagréables résultans des autres aspects, on conçoit que
ces choix forcés, ont dû influer souvent sur le
caractère des attitudes.

Ajoutons à ces aperçus ce qui arrive lorsque les
graveurs emploient des pierres dures qui sont
colorées, et dont la variété de teintes détermine
seule la place des parties et des membres ; plus,
les règles de la glyptique, qui font prévoir le dé-
pouillement des empreintes, et qui par conséquent gênent le graveur dans le choix qu'il doit
faire des plans et des saillies, et nous aurons une

(1) Doissin. *Sculptura carmen.*

idée suffisamment nette de la légère différence
qui peut se trouver entre les gestes de la peinture,
et ceux de la plastique en général.

Puisque nous en sommes arrivés à la question
concernant le mérite et l'utilité que le peintre
peut retirer de l'étude des bas-reliefs antiques,
qu'on me permette de faire sentir tout le prix de
ces admirables modèles que n'ont jamais surpassés
les modernes. Oui, doit-on répéter aux élèves,
prenez pour règles du geste, le goût, la méthode,
le style des bas-reliefs antiques. Vous craignez,
dites-vous, d'être froids, et vous espérez, par la
seule force de votre sensibilité, faire des choix
plus vrais, plus expressifs et plus significatifs que
les anciens? Cela peut avoir lieu parfois dans vos
ouvrages, si vous avez été élevés à leur école;
mais si, vous méfiant de cette froideur que vous
redoutez tant, vous avez recours à l'exagération;
si, dans la crainte de ne pas toucher, vous frappez
trop fort, au lieu de frapper juste; si, considérant
comme exclusivement vrai ce qui n'est qu'individuel, vous vous croyez supérieur à ceux qui ont
fait venir l'art à leur secours, afin de mieux signifier et de mieux toucher, craignez d'être à la fois
exagérés et insipides. La vraie naïveté est pleine
de force; la vraie force est pleine de vérité. Ces
qualités sont admirablement combinées dans les
fragmens qui nous restent des anciens. Les amis
du beau, du convenable, remercient le ciel de ce
que d'aussi précieux modèles n'ont pas été ense-

velis dans la nuit des temps ; de ce que nous sommes assez heureux pour retrouver , déposées dans les chef-d'œuvres antiques , les lois sacrées qui doivent discipliner les élèves et éclairer les maîtres. Ces restes précieux sont recueillis par les princes et les rois ; les nations se les disputent , et les regardent comme les plus beaux trophées dont elles puissent décorer leurs triomphes.

Vous souriez, lorsque des gens étrangers aux arts , vous demandent ce qu'il peut y avoir de si beau dans un marbre grec mutilé et sali ; dans un bas-relief monotone et sans illusion : mais l'homme éclairé sourit de pitié , lorsqu'il voit que ces mêmes marbres, apportés à grands frais, d'Athènes et de Rome ; que ces mêmes monumens , tant admirés par les artistes , influent si peu sur leurs ouvrages, et que tout leur enthousiame se réduit à une contemplation stérile ; enfin que cette grande sévérité de goût et de style qu'ils s'empressent et se vantent de remarquer , ne produit que des paroles oiseuses et sans effet. N'est-il pas affligeant pour le savant , nourri du style des écrivains de l'antiquité, familier, autant avec les conceptions et les images d'*Homère ,* qu'avec les expressions figurées des artistes de la Grèce ; n'est-il pas, dis-je, affligeant pour lui , de voir que les efforts des artistes tendent à plaire plutôt à ces brocanteurs qui trafiquent les œuvres de Lazzis , de tant de peintres des derniers siècles, ou à ces fastidieux prôneurs, qui répètent éternellement

les lieux communs empruntés au langage des
catalogues, qu'aux hommes dont le goût est relevé et délicat, et qui ont tant à cœur l'honneur de
l'art? Tout le monde répète que les gestes des bas-
reliefs antiques sont pleins d'énergie, de grace,
de signification, de propriété. Les artistes les goû-
tent, les admirent!...et les gestes dans mille et mille
tableaux sont souvent outrés sans chaleur, roides
sans simplicité, hardis sans expression, calculés
sans convenance. D'où vient donc cette extrême
inconséquence? d'où vient ce peu d'influence des
modèles éternellement admirés et respectés? de
l'oubli de l'antique, et il faut le dire, du mépris
de l'antique. Vanité barbare, jadis tu infectas
Rome, tu détruisis le bon goût, tu triomphas de
la force d'un grand peuple, et tu soumis les génies
les plus élevés! Louangeurs funestes, vous l'ali-
mentez cette vanité ennemie du bon et de l'excellent : cette vanité qui pâlit en voyant les efforts
de l'ordre, de la pureté et de la sagesse. Vos idées
stagnantes propagent cette rouille honteuse qui a
desséché et dévoré les arts, et votre complaisance
dans le cercle étroit de vos doctrines flétries,
fera croître de nouveau, ces préjugés que des
hommes courageux ont tâché de détruire, mais
préjugés qui renaîtront bientôt, s'ils trouvent
encore un soutien dans vos lâches théories.

Du Geste pittoresque ou propre à la peinture.

Il est facile, après toutes les observations précédentes, de déterminer le caractère du geste qui est propre à la peinture. Nous comprenons aisément qu'il doit être le signe d'un langage universel, intelligible à tous les hommes en général, et qu'il ne doit point être exclusivement, celui qu'emploieroit certain individu dans telle ou telle contrée, et dans tel ou tel siècle en particulier : que tout geste, toute pantomime qui appartiendra moins à la nature qu'à un style d'école, sera hors du caractère général qui convient à la peinture : que tout geste théâtral, c'est-à-dire, qui offrira une imitation d'un acteur imitant, et qui offrira en même-temps les allures particulières de cet acteur, et ses moyens apprêtés plutôt que ses mouvemens spontanés et naturels, sera un geste impropre et vicieux : de même il résultera du geste énigmatique et national, une semblable impropriété, etc., etc. Enfin, non-seulement le geste doit être rendu propre à la peinture, mais il doit réunir les qualités que l'art exige dans tous les temps, et sans lesquelles il sera toujours considéré comme contraire à la fin que doit se proposer tout artiste, et que tout spectateur a le droit d'attendre.

Passons donc à l'étude de ces qualités.

Des qualités du Geste pittoresque.

Toutes les qualités du geste pittoresque se réduisent à deux principales, qui sont ; la vérité et la beauté. Les diverses épithètes du dictionnaire qui pourroient être employées à ce sujet se réduisent toutes, à l'expression de ces deux qualités fondamentales. En effet, justesse, clarté, force, naïveté, ou, par synonimes, convenance, vivacité, facilité, aisance, et tant d'autres, toutes découlent d'une seule source, qui est la vérité. Quant à ce qu'on appelle agrément, élégance, charme, grace, ces qualités appartiennent à la beauté sensible, et sont relatives au plaisir optique produit par la disposition, et par la combinaison des parties dans la pantomime. Ainsi commençons nos recherches par les qualités qui sont renfermées et comprises dans la vérité. J'en reconnois trois principales désquelles émanent toutes les autres ; *la force significative*, *la naïveté* et *la convenance.*

De la force significative du Geste pittoresque.

Par force significative du geste, on n'entend pas seulement ici, cette énergie et cette violence qui s'expliquent puissamment dans certaines ac-

tions véhémentes et terribles ; on entend, sur-
tout, cette clarté éloquente qui frappe l'ame et
l'intelligence du spectateur, et qui, ne lui laissant aucun doute sur l'espèce d'acte représenté,
l'intéresse singulièrement, et captive, malgré lui,
son attention. Cette force significative est le résultat de trois causes, la *clarté*, *l'unité* et *l'opposition*.

Je vais les *étudier* tour-à-tour.

De la clarté du Geste.

DANS le nombre des gestes que font les hommes
en général, il y en a qui laissent dans l'esprit du
spectateur une idée si claire et si nette du sentiment qui anime le personnage agissant, qu'on
en est frappé comme d'un signe plein de valeur
et d'autorité. Il est aisé de remarquer, en suivant
l'analyse de l'art du geste, que cette clarté de
signification dans la pantomime d'un individu,
est indépendante des autres qualités, telles que
la naïveté, la convenance ou la beauté, et qu'elle
est exclusivement le résultat de cette justesse, de
cette netteté et de cette précision dans le signe
exprimant, qui ne laisse accès à aucune équivoque, et qui le rendent parfaitement intelligible
à tous ceux qui ne l'aperçoivent même qu'un
instant. C'est cette qualité qui frappe de loin et
de prime abord dans tous les ouvrages des Anciens ; dans quelques-uns de Raphaël, du Pous-

7

sin, et souvent même dans les images populaires,
faites sans prétention pour l'usage du vulgaire
et l'amusement des enfans. Toutes ces productions
que je ne crains pas d'assimuler ici, puisqu'il
n'est question que d'une seule et même qualité,
vous frapperont par la grande clarté d'expression
de leurs figures, parce que cette clarté étoit le but
de leurs auteurs, et que la fausse science et les
lazzis d'ateliers n'y ont influé en rien. Tel peintre
qui ne compose qu'à l'aide d'un gros porte-feuille
tout rempli des traductions gravées d'après l'école
d'Italie, et qui s'est bien tourmenté pour donner
une attitude heureuse à une figure, est tout sur-
pris de rencontrer sur un misérable fragment
antique, cette clarté puissante qu'il a voulu, en
vain communiquer au geste de son personnage ;
mais son dépit est bien plus remarquable encore,
lorsqu'il retrouve cette même qualité sur de
grossières enluminures, que lui et tous les demi-
connoisseurs rougissent de regarder. Ces mêmes
images toutes brutes, peuvent cependant donner
par fois d'utiles leçons à ces élèves, féconds et
pétulans compositeurs, qui produisent, avec une
vive adresse et une légèreté précieuse de main,
mille et mille figures tourmentées, mais sans vie,
remuant en tous sens, mais sans action, très-
recherchées, mais inintelligibles. Elles pourroient servir aussi, ces mêmes figures de rebut,
à démontrer aux critiques, grands louangeurs des
œuvres classiques qui tapissent nos musées, que

le sentiment naturel d'un artiste simple , qui
n'écoute que son cœur et son jugement , est bien
plus précieux que le savoir ridicule de tant de
maîtres qui ne veulent plaire qu'aux initiés de
leur parti ; car leur fausse science fait de la peinture , un art fatigant et mensonger , et par leurs
exemples , ils forcent les élèves à ne compter
pour rien l'opinion d'un public , qui renonce
lui-même à juger d'un art devenu conventionnel , laissant avec indifférence discourir des écrivains tout fiers d'être familiers avec ce mystérieux langage d'école (1).

Il paroît que les Romains ont connu , à fond ,
cette partie de la pantomime qui produit la clarté
significative. Je crois même qu'ils l'ont portée
plus loin que les Grecs ; mais ceux-ci qui chéris-
soient tant la naïveté et la simplicité ont atteint
néanmoins le vrai but , tandis que les Romains
ne s'attachèrent autant à d'autres qualités qu'en
dédommagement de cette naïveté attique qui ne
leur étoit pas si familière. La force d'action des
figures grecques se manifeste peu-à-peu. Elle est ,

----

(1) Lorsqu'un très-jeune élève compose avec ce sentiment
naturel d'expression qui est si rare et si précieux , la plupart
du temps on le décourage et on lui tourne la tête jusqu'à ce
qu'il ait saisi le style , le tour et le lazzi de la mode régnante,
ce qu'il ne manque pas de faire aux dépens de son sentiment naturel. Raphaël n'a peut-être été si expressif , que
parce que son maître avoit la conscience de remarquer en lui
cette merveilleuse faculté , et de la respecter.

7 *

comme dans la nature, fondue et mêlée avec la
vie et la réalité. Chez les Romains, la clarté
du geste frappe toujours, il est vrai, au
premier abord et très-directement; mais il y a
souvent dans cette clarté quelque chose de grossier, et de calculé que l'on ne trouve jamais dans
les ouvrages des Grecs. Néanmoins, malgré cette
espèce de défaut, les bas-reliefs qu'on admire à
Rome, soit sur les arcs de triomphe, les colonnes,
les sarcophages, soit sur d'autres monumens,
offrent évidemment, une clarté précieuse d'action dans les figures représentées, et cette qualité est portée à un haut degré.

Les Romains passent pour avoir été les inven-
teurs des grandes représentations pantomimes,
et comme nous l'avons déjà dit, ils ont eu, en ce
genre, des acteurs d'un talent prodigieux (1).

Il n'est pas surprenant que chez un peuple où
l'éclat et la pompe étoient des vertus nationales,
l'affectation et même une certaine parade dans la

_____

(1) La passion que le peuple et les personnes du plus haut
rang avoient pour ce genre de spectacle étoit extrême. Ce
fut sous Auguste que cet art atteignit son plus haut degré de
perfection, et l'usage de ces représentations ne cessa qu'a-
vec l'Empire. Je ne doute pas que l'habitude constante de
voir des acteurs qui devoient être les conservateurs des anciens
principes de la pantomime, n'ait influé sur les autres arts
d'imitation, et je pense que cela n'a pas peu contribué à cette
expression vraie et forte qu'on retrouve dans les figures les
plus grossières des ouvrages du moyen âge.

signification, aient été portées très-loin ; mais
sans faire ici trop de conjectures étrangères, je
crois pouvoir répéter que les Romains ayant plus
de peine à saisir et à exprimer cette naïveté
attique de leurs devanciers, firent tout pour s'en
dédommager en recherchant entr'autres qualités,
la force et l'éloquente clarté des signes. Ce différent
degré de sensibilité que ces deux peuples mani-
festèrent dans les arts, provenoit peut-être de la
différence de leurs mœurs et de leur éducation :
dans tous les cas, on reconnoît jusqu'à un certain
point, par le geste seul des figures qui se voient
dans les sculptures exécutées à Rome, celles
qui sont sorties d'un ciseau grec, ou celles qui
sont purement nationales.

Les Anciens ont donc recueilli, comme les mots
d'un dictionnaire universel, certaines pantomimes, qui, par leur signification claire et déterminée, pouvoient donner une idée nette des situations de chaque personnage en action. Il est
évident que cette longue expérience acquise sur
ce point par la succession des bonnes écoles et des
bons modèles, les avoit enrichis d'un recueil iné-
puisable de gestes excellens. Ces gestes étoient
probablement divisés et classés par espèces, par
modes et par caractères, en sorte qu'ils ne hasar-
doient jamais des attitudes douteuses, impropres,
ou dont l'expression eut été obscure et incertaine, quoiqu'elles vînssent de la nature et
qu'elles fûssent offertes par des individus.

Les modernes ont-ils eu les mêmes avantages ?
Ont-ils formé la langue des arts sur un modèle
aussi bon que celui des anciens, et ne se sont-ils
pas contentés, trop souvent, d'un langage équivoque, confus, barbare, conventionnel et même
sans acceptions bien déterminées ou sans caractère bien reconnu ? Ne poussons pas ici plus
avant ce parallèle, et continuons nos recherches
sur la clarté de la pantomime.

Une pantomime, peut être très-naturelle,
sans être très-significative, de même qu'elle
peut être fort significative sans être fort naturelle; mais s'il est du devoir d'exprimer clairement et fortement, il ne faut pas que l'effort de l'art soit aperçu en la moindre chose,
et cette clarté doit sembler appartenir à la nature. C'est ce déguisement de l'art qui a lieu
très-rarement dans tous les tableaux. L'espèce
d'exagération qu'on donne aux gestes des figures,
passe souvent pour de la clarté et de l'énergie
exprimante, tandis qu'elle n'est trop souvent
qu'un moyen grossier employé par l'artiste qui a
imaginé ses personnages dans des mouvemens
faux et violentés, et qui a confondu la clarté arti-
ficielle et conventionnelle avec la clarté directe et
si puissante de la nature.

Si l'on se met bien à la place des acteurs que l'on
introduit dans le tableau, et si l'on se rappelle
bien ce qu'on éprouve soi-même dans des cir-
constances à peu près semblables à ces situations

imaginées, on sentira qu'il n'est point naturel,
même à ceux qui sont les plus libres et les plus
animés dans leurs gestes, de prendre des attitudes forcées et exagérées qui rappellent l'art
d'étudier son extérieur, et qui ressemblent à
celles des comédiens maniérés. On sent au contraire que dans de tels cas, tout se passe encore
plus intérieurement qu'au dehors, et que l'envie
de manifester sa passion n'a lieu que dans quelques cas particuliers. « Ce sont, dit Quintilien,
» les sentimens qu'il faut exprimer et non l'image
» des choses. » Une pantomime pourra donner
l'idée d'un homme affligé, furieux, implorant,
combattant ; mais cette même pantomime n'exprimera peut-être pas naturellement et simplement
le sentiment vrai de l'homme qui se trouveroit
réellement dans ces situations. Alors l'art parle à
l'esprit et peu au cœur. On admire, on estime
même l'ouvrage ; mais on n'est pas touché. Il y a
clarté d'images et obscurité ou fausseté de sentiment. Le personnage laisse apercevoir quelque
chose de l'imposteur : en un mot, avec beaucoup
on produit très-peu. Les artistes ne sauroient trop
réfléchir sur ces points importans.

Dans l'imitation des passions violentes, le peintre craint souvent d'être au-dessous de la chaleur
de la nature ; mais par quels moyens peut-il exprimer la force et la clarté de ces passions ? est-ce
en outrant les signes ? est-ce en forçant le geste ?
est-ce en faisant du personnage un trivial histrion,

Sur les monumens, Achille apprend la mort de
Patrocle, ou bien, on vient de lui enlever la belle
Briséis ; le voit-on se tordre les bras, les étendre
et les élancer bien haut ? le voit-on se soulever sur
les pieds comme un danseur, ou singer l'homme
courroucé, en affectant des mouvemens forcés
du corps et de la tête ? Non ; il ne fait point parade
de son affliction. Il paroît assis, sans convulsions,
et sa tête est souvent penchée, comme celle d'un
homme vivement affligé ; mais on reconnoît la
douleur du héros, du guerrier dont la vengeance
sera si terrible. Dans la mort de Méléagre (1), et
surtout dans le Luctus domesticus (2), qu'on
trouve dans le recueil de l'Admiranda (3), les
personnages paroissent dans la plus vive affliction ; mais personne ne joue la comédie ; personne
ne feint la douleur : aussi rien de plus pathétique
que ces morceaux. S'il se trouve dans les monumens antiques des figures qui font de grands
mouvemens, qui élèvent les bras, etc. etc., elles
le font d'une manière si simple et si naturelle,

(1) Planche 69.
(2) Planche 72.
(3) L'*admiranda Romanarum antiquitatum*, gravé par
P. S. Bartoli, est un de ces recueils classiques qui, malgré
le vice des copistes, devroit être entre les mains de tous
les artistes, et qui devroit être continué par quelque
habile dessinateur, moins préoccupé du luxe du burin que
de l'esprit et du goût des originaux, qui sont si abondans à
Rome.

que leur état nous touche et nous rappelle la nature elle-même ; tandis que toutes ces figures à
gestes outrés, que tant de peintres croient bien
piquans et bien énergiques par leur clarté, ne
sont que d'insipides mannequins qui ne disent
rien à l'ame, et dont la grossièreté nous rebute :
ce sont des orateurs froids et sans verve, qui forcent leur voix pour échauffer leur éloquence.
C'est donc une chose difficile que ce milieu qu'il
faut tenir entre l'exagéré et l'insipide ; et c'est
donc une qualité fort rare que cette clarté, qui
paroît appartenir moins à l'art qu'à la nature,
quoiqu'elle soit le résultat d'une multitude de
considérations et d'une longue suite de calculs (1).

Je vais terminer cet article relatif à la clarté qui
concourt à la force significative du geste, en disant qu'il ne suffit pas d'imaginer un geste plein
de clarté, mais qu'il faut l'imaginer pour la peinture ; c'est-à-dire qu'il doit apparoître dans le tableau sous un aspect qui le rende très-sensible et
très-évident. C'est cette considération qui souvent
a fait rejeter l'emploi des raccourcis, parce qu'ils

---

(1) Un des bons moyens pratiques de s'exercer dans l'é-
tude de cette clarté du geste, seroit d'étudier diverses figures
qu'on feroit passer de la plus foible signification jusqu'à la
plus forte, en conservant toujours la même espèce d'expression. Il seroit facile de reconnoître le point au-delà duquel
le geste seroit violenté, et appartiendroit plus à l'art qu'à la
nature, et le point en-deçà duquel l'imitation seroit froide
et sans clarté éloquente.

ne laissent par fois que des images équivoques et des mouvemens peu sensibles (1).

Le Titien a composé de diverses manières son fameux tableau du martyre de saint Pierre Dominicain, ainsi qu'on le voit par les estampes gravées d'après son œuvre. Une des figures qui paroissent si animées dans son tableau, est représentée vue *gravée* de dos et fuyant. Il s'en faut de beaucoup, malgré les efforts du dessin, que la signification de cette action paroisse avec autant de puissance que celle qu'il a choisie de préférence, et qui se montre sous un aspect bien plus sensible. On peut en dire autant des statues que l'on dessine sous certains aspects ; en sorte que le peintre ne doit jamais perdre de vue qu'il s'agit non-seulement de la clarté dans le geste du personnage vivant, mais bien de la clarté qui résulte de son geste représenté dans le tableau graphique et dessiné sur la superficie plate.

De l'unité dans le Geste.

Si l'expression de la pantomime est une, elle sera très-forte et très-sensible. Le grand principe

---

(1) On voit fort souvent chez les modernes, et jamais chez les anciens, des bras fuyans qui ne semblent pas appartenir au corps ; des mains sans bras, qui sortent on ne sait d'où, etc. le tout parce que le geste est imité d'après un point de vue mal choisi, tant il est vrai que l'art de bien choisir est aussi difficile que l'art de bien imiter.

de l'unité qui explique tant de secrets dans les
arts, s'applique particulièrement ici : c'est par
l'unité que l'artiste fait concourir vers le but qu'il
se propose toutes les parties agissantes de la figure;
et c'est en respectant cette règle, qu'il rejette tous
les mouvemens partiels qui détruiroient ou affoi-
bliroient l'expression générale manifestée par le
geste.

Passons de suite à des exemples. Le célèbre Gar-
rick, qui excelloit, dit-on, dans l'art de l'imitation théâtrale, voyant un comédien contrefaire un
homme ivre avec beaucoup de vérité, par l'indé-
termination des regards, par le désordre de ses
traits et d'embarras de sa parole, lui disoit, observant que le reste de sa figure ne répondoit pas à ces
expressions : « Mon ami, ta tête est véritablement
» ivre, mais tes pieds, tes jambes sont pleines de
» raison. » Ce reproche s'applique aisément au
défaut d'unité; parcourons d'autres exemples, et
nous reconnoîtrons sans peine, que si la figure
offre des parties affectées d'une manière discordante et sortant de l'unité de l'expression, ces
parties affectées à contre sens la détruiront en in-
troduisant des variétés que l'esprit rejette, et dont
le mauvais effet peut anéantir tout le caractère de
l'expression qui est soutenue par ce principe et
par cette grande force de l'unité.

Un marbre antique nous offre-t-il l'image du
repos ou de la douce mollesse? Est-ce Bacchus
couronné de pampres, jouissant d'une paisible vo-

lupté? son bras, son col, ses genoux, ses pieds
et ses mains, toutes les parties de son corps, enfin, offrent une admirable unité dont le spectacle
maîtrise nôtre intelligence et touche directement
notre ame. Est-ce un faune joyeux dont l'agreste
pétulance exite le geste et l'action? même unité:
toutes les parties en sont vives; le mouvement
est partout animé, et depuis ses sourcils arqués
jusqu'à ses orteils bondissans, tout exprime le
même caractère. Une seule partie qui seroit sans
caractère, pourroit contribuer à neutraliser l'unité. Que sera-ce si elle est discordante?

Pourquoi le pied du Laocoon fait-il frissonner?
C'est qu'il complète l'unité de l'expression. Dans
cette figure, toutes les parties agissent comme de
concert, et tendent vers le même but. Il en résulte une force admirable. C'est l'effet du faisceau
qui doit sa consistance à l'unité produite par
toutes ses parties réunies.

Ecoutons encore Quintilien (1). « c'est, dit cet
» écrivain judicieux, dans ces leçons de l'acadé-
» mie où l'on envoie les enfans pour faire leurs
» exercices, qu'un jeune homme apprend à ac-
» quérir un beau maintien, à marcher avec
» grâce, à n'être point embarrassé de ses bras et
» de ses mains, *et à ne point faire de mouvemens*
» *de la tête et des yeux qui ne s'accordent avec les*
» *autres mouvemens du corps.* » Que vouloit - il

_____

(1) *De institut. Orat.*, *lib.* 1, *cap.* 14.

dire par cette dernière phrase? Il vouloit rappeler ce précepte qui prescrit l'unité, précepte qu'il avoit peut-être lui-même emprunté aux statuaires ou aux peintres, comme il l'avoit pû tenir des orateurs d'Athènes. Son expérience et son grand sens, lui en avoient démontré l'importance.

On a appelé souvent cette unité d'action, harmonie; mais l'harmonie est le but; l'unité est le moyen. Toutes les situations qu'on exprime en peinture, à l'aide de cette unité, offrent toujours un résultat très-déterminé et très-puissant. Aussi, le sommeil et la mort, sont-ils toujours très bien caractérisés dans les tableaux, parce que cette unité se compose d'elle-même naturellement, et sans les recherches de l'art. Les moindres disconvenances, dans ce cas, choqueroient le peintre et le spectateur. Les paupières baissées, l'abandon des parties, la situation générale du tout, en un mot, la concordance vers un point unique qui constitue le caractère demandé, tous ces moyens, font arriver à la fin qu'on se propose.

Je passe à l'opposition.

De l'opposition dans le Geste.

DE même que les lignes dans le dessin, comme les teintes dans le coloris, paroissent d'autant plus sensibles dans leurs divers caractères, qu'elles sont opposées à d'autres lignes et à d'autres teintes d'espèces différentes, de même, dans le geste,

certains mouvemens se manifestent avec beaucoup plus de signification et de puissance, lorsqu'ils sont opposés à des mouvemens d'un autre
caractère. Cette observation paroît contredire ce
que nous venons de prescrire sur l'unité ; mais
nous allons voir, au contraire, qu'on parvient
par ce moyen à rendre plus sensible et à fortifier
l'unité : exemple : Un homme se réveille après un
profond sommeil : où est l'unité de l'expression ?
c'est dans le réveil. Si l'artiste laisse apercevoir
un reste de repos qui est la suite du sommeil ; si
les jambes, les cuisses et les pieds, participent
encore de l'état primitif, il est certain que par
cette opposition, la partie réveillée en aura d'autant plus de caractère significatif et n'en conser-
vera pas moins son unité d'expression etc. Second
exemple : Une femme assise, vient de tourner la
tête et tout le buste pour appeler quelqu'un de
la main ; mais l'extrêmité inférieure de la figure
conserve encore l'état tranquille et un reste de la
situation qui a précédé. Où gît l'unité ? dans
l'action d'appeler, et le bas de la figure qui n'appelle pas, contribue cependant à faire paroître,
très-vive et très-animée, la partie qui vient de se
tourner pour appeler. Cette combinaison a été
très-bien nommée par Mengs, demi-chemin d'action. Et il l'applique particulièrement aux draperies qui conservent parfois un reste de leur situation antérieure dans le nouveau mouvement
que l'acteur vient de leur donner. Ce moyen est

très-ingénieux pour exprimer la vie et pour étendre le champ que le peintre laisse à l'imagination. Par-là il fait voir ce que la figure vient de faire et ce qu'elle fera ensuite.

Lorsqu'on dit d'une figure, qu'elle semble courir ; ce n'est pas qu'elle ait le corps jeté très en avant, les jambes très-écartées et les bras tendus : c'est qu'on sent clairement qu'elle vient de courir et qu'elle continue de courir encore. L'excellence du dessin peut seule opérer ces prestiges, et le vrai mouvement, les vraies lignes données par les pieds, les genoux, les épaules, tout y contribue. Un bras qui frappe, est en peinture un bras qui va frapper, et un bras qui tire ou qui porte, est un bras qui va tirer davantage, ou qui peut porter plus longtemps. Si les membres sont trop tendus, il y a cessation d'action et de puissance. C'est encore en ceci que les Grecs sont admirables.

Engel, dans son ouvrage sur le geste, paroît avoir senti la force de ce moyen d'opposition, lorsqu'il cite l'exemple suivant (1). Il le tire, comme il le fait souvent, des mœurs populaires. « J'ai vu, dit-il, un forgeron appuyé sur son » marteau, tandis que son fer refroidissoit sur » l'enclume, dévorer, la bouche béante, des » nouvelles que lui contoit un tailleur : celui-ci, » tenant à sa main, ses ciseaux et sa mesure ; et

(1) Lettre XIII.

» ayant chaussé, dans sa précipitation, ses pan-
» toufles à contre sens, parloit de milliers de
» français belliqueux qui étoient déjà rangés en
» ordre de bataille dans le pays de Kent. L'immo-
» bilité du maréchal qui conserve l'attitude du
» moment où l'étonnement l'a frappé, est, dit
» Engel, un but aussi expressif que naturel. »

Mais ne perdons pas de vue les mouvemens si
souvent nobles et héroïques des figures antiques.
Les anciens cherchoient par-dessus tout, à animer le marbre, à faire vivre les tableaux, et à ces
fins, ils n'ont négligé aucun moyen. Ils ont épuisé
toutes les combinaisons. La science du contraste
a été pratiquée dans leurs écoles ; mais avec toute
la sagesse et toute la retenue de la philosophie.
Lorsqu'on leur compare la chaleur et la vie des
ouvrages florentins, faits en imitation de Michel-
Ange, c'est alors qu'on remarque ce qui doit ré-
sulter de cet abus de moyens grossiers ainsi que
des triviales affectations des écoles viciées et ambi-
tieuses. En effet, dans les figures florentines, tout
n'est que contraste, que *contre-position*. Où est
l'unité du mouvement, où est l'intention déterminée et propre ? on la cherche en vain. Le
geste est composé de mille gestes divers, le mouvement de mille mouvemens opposés. Certes
par ce moyen la matière paroît remuante ; le
marbre perd sa roideur et au premier abord on
croit sentir la vie ; mais l'esprit, mais le cœur,
qu'éprouvent-ils devant ces impostures ?

Dans l'antiquité, les Romains furent les premiers qui abusèrent des moyens de l'opposition. Les têtes se retournent en contrastant avec le torse; le torse contraste sur le bassin ; les jambes sont en contraste avec les autres parties, etc. Le principe est excellent, j'en conviens ; l'artifice est heureux ; cependant, la vérité et la naïveté qui déguisent l'art, paroissent être sacrifiées à ces affectations.

Je vais encore citer Engel. Voici ce qu'il dit d'un dessin de Gérard-Lairesse (1) : « L'idée d'un » homme prêt à être mordu par un serpent, est » faussement rendue, car il tient encore en pre- » nant la fuite, le pied près du reptile, tandis » qu'il auroit dû le retirer à l'aspect du danger, » avec la même célérité qu'on retire le doigt du » feu. » Je cite ce demi-chemin d'action, comme ne convenant point dans ce sujet, puisqu'il laisse une équivoque résultant de l'immobilité de la figure représentée, et de deux unités permanentes.

On doit conclure de ces réflexions, que l'opposition est un moyen qui, par fois, ajoute à la force significative du geste, en ce qu'il fait valoir l'expression principale de ce geste, et qu'il se rapproche de la vie et des effets naturels : mais que cette opposition ou ce contraste doit être toujours subordonné à l'unité de l'expression domi-

(1) Lettre XVI.

8

nante et qu'il doit moins attirer l'attention, lui-
même, et sur lui seul, qu'il ne doit la faire retour-
ner sur le motif principal qu'il sert à faire remarquer et qu'il rend plus intelligible.

De la naïveté du Geste.

PAR quelle fatalité sommes-nous donc réduits à
vanter, comme une qualité inconnue et délais-
sée, cette précieuse naïveté de geste dont tout le
monde paroît sentir le charme? En effet, me
dira-t-on, à quoi bon faire remarquer ce qui
n'échappe jamais à la sensibilité? Ignorons-nous
donc aussi que rien n'est délicieux comme
l'air pur et embaumé du matin, comme le par-
fum naissant de la rose odorante, et nos sens
ont-ils donc besoin d'interprètes? Non, j'en conviens; mais qui niera néanmoins que l'art des
modernes n'ait péri peu à peu par l'oubli de ces
mêmes lois si simples de la nature, et par l'abandon de ses plus touchantes vérités : et qui ne conviendra pas, que pour exposer aujourd'hui dans
tout leur éclat, les grands principes de la théorie,
il ne faille signaler en même-temps les vices et les
corruptions de l'art. Oui, depuis les efforts ambitieux du grand Michel-Ange, l'art du geste a
pris sa source dans des académies maniérées, et
au sein d'ateliers, tous, pleins d'un orgueil barbare.

Florence s'illustra, il est vrai, par les ouvrages

sans nombre de tant de sectaires ambitieux ; mais le cri de la nature n'étoit plus entendu au milieu de ces bravo des écoles ; les fantaisies des peintres introduisoient des mouvemens factices, insigni-gnifians, mais consacrés par des maîtres sacrilèges. Ils dédaiguoient de saisir sur la nature, ces actions si simples et si expressives qui leur parois-soient froides et sans effet. Les modèles des âges de simplicité excitoient souvent leur ironie et leur pitié. Faire parade de recherches affectées dans les poses ; tourmenter les os et violeuter les muscles ; blesser la pondération et le mécanisme ; imaginer des attitudes pour obtenir des raccourcis ; imaginer de grossiers contrastes pour paroître animés et chaleureux ; faire flamboyer et pyramider les lignes ; surmonter des difficultés dont l'intelligence seule devenoit un mérite ; parler un langage entortillé, hyéroglyphique, hors de la nature, et dont le mystère seul pouvoit faire des dupes : voilà quel a été trop longtemps l'objet des études de tant de peintres illustres dont les ouvrages ont bravé la critique, et dont l'influence s'est fait sentir jusqu'à nous.

Je ne désignerai précisément ici, ni les écoles, ni les temps divers de toutes ces corruptions. Les vrais amis de la nature me devanceront dans cette critique ; et si le préjugé qui propage encore une stupide admiration pour tant d'ouvrages vicieux, n'a pas atteint leur esprit, ils reconnoîtront, à chaque pas, dans les galeries et dans les musées

8*

de l'Europe, la vérité de ces réflexions et la justesse de ces blâmes.

Ecoutons les ardens prosélytes, qui, tour-a-
tour, ont exhalé leur enthousiasme factice pour
les diverses écoles qui se sont succédées. Jamais
les images de la naïveté n'ont été un besoin de
leur cœur; jamais ils n'ont souffert de cette absence de vérité et de naturel qui relègue les tableaux parmi les œuvres de fabrique. Epiez-les
au milieu de leurs plus grands éloges; toujours ils
signalent ce qui sent l'art, l'école et l'affectation ,
jamais ce qui est le produit de la naïveté et de la
simplicité; et à force de perpétuer le prétendu
mérite de ces figures insignifiantes et maniérées,
ils sont parvenus à propager la plus funeste erreur
dont puissent être atteints les arts : car lorsque
le public perpétue des louanges aussi perfides,
l'artiste, qui dépend du public, est forcé d'opé·
rer contre son cœur et contre sa raison.

Plus on remonte aux anciens maîtres, plus on
retrouve cette primitive naïveté dans le geste.
Plus on descend parmi les écoles subséquentes,
moins on en trouve de traces. Il est hors de doute
que Raphaël la négligeoit déjà peu à peu, pour
suivre le ton donné par Michel-Ange, et par le
nouveau faste de Rome, sous Léon X. Cette ingénuité touchante, cette vérité énergique par sa
simplicité dans des attitudes expressives, se re-
marquent bien plus dans ses premiers ouvrages
que dans ses derniers, et le fameux tableau de la

transfiguration se ressent des égaremens où une rivalité funeste entraînoit son auteur ; car on peut dire qu'il n'y a de naïveté que dans un coin supérieur de ce tableau. Tout le mérite de cette admirable production n'empêche pas le spectateur, étranger aux secrets du dessin, d'être de glace en présence de cette prétendue chaleur empruntée à la nouvelle école florentine, et toutes les affectations savantes de cette peinture classique, n'en relèvent que davantage le prix et l'éclat des fameuses fresques du Vatican.

Les expressions de Le Sueur, ont souvent une force et une vérité toute particulière ; mais remarquons que ses attitudes sont en même-temps très-simples et très-naïves ; si nous lui opposons celles des figures de Lebrun, nous trouverons dans les tableaux de ce dernier des pantomimes expressives, il est vrai, mais dénuées de cette précieuse naïveté qui charme tant dans celles de Le Sueur. Observez bien aussi que celui-ci n'étoit presque point imbu des manières d'écoles, ayant travaillé dans la retraite et n'ayant connu les maîtres que par quelques estampes, tandis que Lebrun étoit tout rempli du goût des Carraches et des peintres de l'école Lombarde.

Sitôt que les Flamands ont intéressé le spectateur par quelques scènes un peu significatives, ils ont toujours retiré un grand avantage de la naïveté qui leur étoit familière. On peut citer entre autres le fameux tableau de la femme hydropique, de *Gerardow*, dont l'expression est remplie de naturel. *Jean Steen*, ce peintre si expressif, est aussi rempli de naïveté et d'abandon; mais, quand les Flamands se sont exercés sur des figures héroïques ou mythologiques, il faut avouer qu'ils n'ont pas si bien réussi. En sorte que toute la naïveté si efficace *d'Albert-Durer*, de *Jean de Bruges*, de *Lucas de Leyde*, du *Maréchal d'Anvers*, et de tant d'autres dont les images vraies nous étonnent, ne paroît plus être un triomphe aussi glorieux, lorsque l'on pense qu'ils se contentoient ou qu'ils se seroient contentés, pour représenter des personnages héroïques et divins, de calquer des individus.

Algarotti a dit du Poussin, « ses figures sem-
» blent contrefaire ce que les figures de Raphaël
» font naturellement. » Ce jugement sévère nous donne beaucoup à penser, et il nous conduit à distinguer, dans la pantomime, la naïveté de la force. Le Poussin a toujours mis beaucoup de force, de propriété et de clarté dans le caractère expressif de ses pantomimes, et c'est une des grandes causes de sa gloire; mais il a souvent oublié et négligé d'assaisonner cette force par les naïvetés qui peuvent confondre l'art avec la nature, et c'est peut-être ce que dans sa théorie il évitoit même quelquefois, car on croiroit qu'il a plutôt pensé à faire briller la noblesse et la puissance de l'art qu'à le donner pour une ressemblance exacte des vérités naturelles. On pourra

m'objecter ici, qu'il ne suffit pas au peintre de reconnoître, par raisonnement, l'importance de la
naïveté dans les pantomimes ; mais qu'il faut
aussi qu'il soit organisé de manière à pouvoir en
sentir tout le charme. Je réponds, que celui qui
a bien observé et apprécié la valeur de cette
qualité, doit, presque toujours, quelle que soit
son organisation, en embellir ses ouvrages, et qu'il
est vrai, malgré tout ce qu'on pourra répéter au
sujet du génie naturel et de l'inspiration, que la
méditation, l'analyse et l'étude des règles, contribuent autant, et peut-être plus, que les dispositions naturelles à l'excellence des ouvrages.

On a vu depuis la révolution de la peinture,
en Europe, et depuis la réhabilitation des Anciens, certains artistes, chercher des réminis-
cences de l'art des Grecs, mais sans les lumières
de la théorie, et sans le secours d'une mémoire
philosophique. Frappés de la naïveté des ouvrages
antiques, ils n'en retinrent qu'un souvenir altéré
et trompeur, et alors ils ne produisirent que trop
souvent, comme dans l'art des formes, des imitations erronées dont auroient ri les anciens. La
simplicité fut traduite par la roideur; la grandeur æsthétique (1) et savante par la grandeur de

_____

(1) *Æsthétique*; ce mot, qui a effarouché quelques écrivains,
a été employé par M. *Baumgarten*, pour signifier la science
des sensations : il est dérivé du mot grec *aisthesis*, et il est
adopté par tous les écrivains de l'Allemagne.

dimension; la science leur échappa, et le fan-
tôme resta. De même ces vérités ingénues et
naïves du geste, si précieusement recueillies
dans l'art grec, furent parodiées par des ensembles et des mouvemens roides, gothiques et pleins
d'affectation. On peut juger du mépris que s'atti-
rèrent d'aussi pitoyables imitations, et du discrédit qui rejaillit sur l'antique, qu'on appeloit
inconsidérément la source de tous ces nouveaux
goûts. Ce discrédit n'est point affoibli, et les
erreurs des peintres, qui oublient la nature, sont
encore aujourd'hui attribuées par les critiques à
cette affection pour les modèles des Grecs. Mais
quelle étrange façon de raisonner ! Une parodie
de Racine ou de Corneille rend-elle donc blamable l'étude des qualités de ces poëtes sublimes,
et l'antique est-il dangereux, parce que des artistes sans jugement et sans délicatesse, nous
donnent, pour du goût grec, leurs pitoyables
inventions ? Les regrets et les plaintes des critiques devroient être dirigées autrement et plus
utilement : ce ne sont pas les modèles grecs qu'il
faut redouter et éviter, mais ce sont les prétendues copies qu'en font des artistes ridicules, qu'il
faut signaler comme de criminelles impostures ;
ce ne sont pas les règles et les préceptes des Anciens qui peuvent égarer, mais bien les manières
et les gentillesses insidieuses de ces artistes dont
les ouvrages libres et capricieux n'influent que
trop malheureusement sur le goût national ; de ces

Artistes, qui se vantent d'être familiers avec le goût pur de l'antique, lorsqu'ils n'en ont fait les profondes études que sur les écrans, les porcelaines et les papiers des boudoirs. Enfin (car il faut, par fois, répondre en passant aux principales objections de ces détracteurs de l'antique qui se plaisent à attribuer ces écarts des artistes à l'imitation des monumens, et à l'abandon des anciens goûts d'Ecole), lorsqu'on recommande aux élèves l'étude des Anciens, dans les bas-reliefs, les statues, les pierres gravées et les peintures, on ne veut pas leur insinuer la maxime bannale, d'imiter ou de copier telle ou telle figure, telle ou telle composition; on veut leur faire sentir que les diverses qualités qui constituent l'essentiel de l'art, se trouvent rassemblées dans ces beaux modèles qui sont en même-temps conformes en tout à la belle nature, et que toutes les inspirations du génie naturel des artistes, ainsi que l'impulsion de leur goût individuel ne peuvent jamais, sans le secours de ces mêmes règles antiques, les élever aux grands résultats des arts.

Mais revenons à notre sujet. Il est de la plus grande importance de se former une idée nette de ce que doit être la naïveté, et les peintres doivent bien se garder de prendre pour naïfs certains signes de la nature, qui sont gauches ou triviaux, et qui ressemblent quelquefois à de la simplicité. Une naïveté affectée dégénère en une manière insupportable, et le modèle ou l'artiste qui charge et corrompt, par des exagérations, les signes naïfs de la nature, peut offrir des affectations ou des minauderies vraiment détestables.

Le but n'est pas d'être naïf ; la naïveté n'est que le moyen. C'est par la naïveté qu'on est plus vrai et qu'on peut rendre plus touchante l'expression de la beauté. Homère, Phidias, Virgile, étoient naïfs et vouloient l'être ; mais, par fois, et seulement pour rappeler la nature, et faire résonner de temps en temps cet unisson qu'il y a entre l'ame et tous les objets de l'univers. Je suis persuadé qu'il y avoit dans la statue du Jupiter Olympien des naïvetés remarquables, qui servoient à rendre la majesté du dieu plus touchante et plus sensible, et qui contribuoient, pour ainsi dire, à la diviniser par des charmes très-perceptibles aux mortels. Pourquoi Eschyle, Sophocle, Euripide, attachent-ils notre ame comme l'aimant attache le fer ? c'est qu'ils humanisoient leurs héros par des traits que rejettent, mal adroitement, les modernes ; c'est que, parlant à des hommes, ils attaquoient, par fois, la sensibilité de l'humanité, et ces fibres de l'ame qui sont toujours prêtes à résonner. *Homo sum..... je suis homme,* dit Térence........ *rien, de ce qui appartient à l'humanité, ne m'est étranger.* Ce vers mémorable électrisa tous les spectateurs. Ajax , au milieu de ses fureurs , appelle son père comme un enfant éploré , et cette naïveté est d'un effet indicible. Les sculpteurs et les peintres grecs , se servoient donc , dans un langage différent , de ce puissant artifice.

Un trait de naïveté nous enchante. Une main , un pied, un mouvement de tête , un geste naïf enfin , nous frappent et nous touchent ; c'est l'effet subit du rayon de soleil qui vient animer un paysage ; du sourire fugitif qui rend touchante la physionomie d'une beauté sévère. Que de succès n'obtient pas le conteur , comme l'historien , lorsqu'il est par fois naïf , et combien d'amour n'obtiennent pas les Rois et les Princesses, lorsque leurs actions et leurs gestes nous rappellent la nature dans sa simplicité et dans son abandon.

Il n'y a rien d'aussi fort d'expression, que les gestes des figures que l'on voit sur les bas-reliefs antiques ; mais ceux là sont les plus touchans et les plus vrais, qui sont aussi embellis du charme de la naïveté. Il paroît que c'est Phidias qui a le mieux compris ce mélange exquis du fort et du naïf ; car si l'on compare les bas reliefs du Parthénon avec le plus grand nombre des bas-reliefs antiques connus, on est frappé, en les observant , de la naïveté et de la simplicité des actions et des intentions ; et si on compare ces mêmes ouvrages de Phidias avec les ouvrages des modernes qui n'ont cherché que le naïf, les premiers paroissent être d'une force et d'une signification merveilleuse.

Qu'est-ce qui nous fait surtout goûter et aimer les graces simples de la nature ? ce sont les affectations et les recherches apprêtées de l'art. Dans ce dernier, les efforts du calcul laissent toujours, après eux, quelques traces pénibles, par lesquelles notre esprit est forcé de se diriger pour atteindre et saisir les intentions de l'artiste ; et c'est cette gêne dans l'intelligence des images, qui nous fait regretter, par comparaison, la naïveté et la clarté directe du langage de la nature.

N'est-ce pas à ce charme qu'on doit attribuer le plaisir que ressentent tous les hommes, lorsqu'ils se trouvent en présence de certaines scènes de la nature ? Un enfant ou un vieillard, endormi et placé dans une certaine attitude, excite souvent un sentiment de plaisir à celui qui le contemple : cet abandon de toute contrainte, cet état des individus exempts de gêne et d'affectation, soulage souvent notre ame, fatiguée par les contentions de la vie sociale. Tous les jours on surprend les graces ingénues des jeunes filles ou des enfans qui ne se croient point observés, et ces ingénuités nous touchent. Il y a un je ne sais quoi de bienfaisant dans le spectacle de la nature naïve, qui charme le cœur, et qui ne se retrouve jamais dans les arts, sans que l'ame ne s'en empare avec joie, et sans qu'elle n'éprouve très-vivement cette sympathie spontanée que produisent sur elle leurs touchantes imitations.

Mais comment définir et expliquer positivement en quoi consiste cette naïveté qui est propre à la pantomime de la peinture? En abordant cette question, l'esprit éprouve une certaine confusion; mais en y réfléchissant avec persévérance, on découvre bientôt que la naïveté dans le geste existe toutes les fois que la volonté de l'acteur n'y a point de part; c'est-à-dire, toutes les fois que les actions et les mouvemens s'exécutent, sans que le personnage soit préoccupé du moyen de les exécuter. Il en résulte alors une liberté dans les parties agissantes qui appartient réellement à la nature, c'est-à-dire, à la structure physique, anatomique et mécanique des parties, ainsi qu'au tempérament de l'individu; mais jamais aux calculs de ses efforts. Aussi la naïveté du geste est-elle un signe de confiance, qui dispose toujours favorablement le spectateur. La contrainte, au contraire, et le calcul, sont le résultat de la gêne de l'esprit, et décèlent l'affectation et souvent l'imposture. Je définis donc la naïveté du geste, ce mouvement spontané et sans contrainte, des parties agissantes, indépendamment des efforts calculés de l'individu.

S'il est vrai que la naïveté de disposition dans

les parties, soit indépendante de la volonté de l'acteur, il est facile de concevoir que le peintre ne sauroit jamais l'obtenir par la seule force de son imagination et de sa mémoire, et sans qu'il ne la saisisse sur la nature. Il ne peut que désirer cette qualité et la reconnoître ; mais il ne sauroit l'imaginer. Quant au modèle vivant qui s'efforceroit d'offrir à l'artiste cette précieuse naïveté, tous ses efforts seroient ridicules. Chacun est facilement convaincu de cette vérité. Qu'un peintre charge son modèle de porter un accessoire de telle ou telle façon, le modèle, fût il le plus gracieux dans ses gestes, ne le portera pas avec naïveté, s'il fait le moindre calcul pour être naïf, et sitôt qu'il s'oubliera un moment, il offrira peut-être au peintre le plus heureux motif. La fille la plus gracieuse, lorsqu'elle s'étudie, offre de la minauderie pour de l'ingénuité ou du trouble pour de la candeur ; qu'elle porte la tête d'une certaine façon et dans un mouvement naïf et plein de charmes, vous voudrez vous en emparer, mais vous n'êtes pas assez prompt ; le geste a fui. Redemandez-lui une seconde fois ce mouvement, cette ligne, cette finesse qui vous a fait tressaillir, elle ne la retrouvera plus, ou elle l'aura remplacée par de l'exagération. « Quiconque regarde, dit Lebat- » teux, est à l'unisson de celui qui agit, et nous » ne sommes point impunément témoins de son » embarras et de sa peine. » Diderot écrivoit :

« Si vous perdez le sentiment de la différence
» de l'homme qui est seul et de l'homme qu'on
» regarde , jetez vos pinceaux au feu , vous
» académiserez, vous redresserez, vous guinde-
» rez toutes vos figures ».

Oh ! que les Grecs savoient bien surprendre, à
la nature, ces signes naïfs qui rapprochent si heu-
reusement l'imitation de la vérité , et qui déguisent presque l'art ! Les graces pures et naturelles
étoient à leurs yeux un charme magique et vraiment séducteur , que chaque artiste s'efforçoit de
saisir.

Qu'on ne croie pas que la naïveté ne doive
s'appliquer qu'aux actions calmes et tranquilles,
et qu'elle ne s'étende pas jusqu'aux mouvemens
violens et très-énergiques. Les anciens , dans ce
cas , peuvent encore nous désabuser , car sans
parler du gladiateur , des lutteurs et de tant
d'autres statues (1), dont les mouvemens véhémens sont néanmoins pleins de naïveté , nous
n'avons qu'à jeter les yeux sur les bas-reliefs, les
camées, les médailles et les peintures. Les actions les plus vigoureuses sont toujours rendues
plus expressives et plus émouvantes par cette qua-

---

(1) Je ne cite pas le Laocoon , dans lequel l'art n'est pas
autant déguisé que dans certains chef-d'œuvres de la Grèce ;
mais voyez surtout le fameux groupe de l'Ajax Pitti , les
admirables figures de Monte-Cavallo, le groupe du Taureau
Farnese , etc., etc., etc.

lité qui n'abandonne jamais ceux qui la chéris-
sent. Les bas-reliefs d'Athènes, les métopes du
Parthenon, nous offrent des actions vigoureuses
où la naïveté est éminemment étudiée, mais les
pantomimes des colonnes Trajane, Antonine et
Théodosienne, laissent bien davantage dominer
l'art et l'énergie calculée. Que dirons-nous donc
de ces imitations des ouvrages romains, exécutées dans le temps appelé le temps de la renaissance, par les Jules-Romain, les Polydore, etc.;
qui ont voulu réchauffer le style de l'antiquité,
et qu'on ne pourroit trop critiquer, s'ils n'avoient,
dans les autres parties de leurs ouvrages, fait
preuve d'un talent vraiment incontestable? Que
dire enfin de tous ces gestes modernes, appelés
vigoureux et animés, dont la manière a infecté
jusqu'ici les écoles, et que le public étranger au
style grec, a pris souvent pour une imitation de
l'antique.

Je crois devoir m'en tenir à ces réflexions sur
la naïveté du geste, ayant tâché d'en démontrer
l'importance, et d'en faire comprendre la définition.

De la convenance du Geste pittoresque.

CONVENANCE et vérité paroissent synonymes
lorsqu'il s'agit du geste; cependant il peut y avoir
à la rigueur vérité sans convenance, et c'est ce
qu'ont voulu dire Aristote, Horace, Lucien, et

tous ceux qui ont analysé les arts dont le but est l'imitation de la nature. Aristote s'explique clairement sur ce point, dans le seizième chapitre de sa poétique, et voici ce que dit Horace sur cette » question : « Les savans et les ignorans riront, » si les discours du personnage ne sont pas con-» formés à sa fortune; car il est d'une grande » importance, pour le poète, de considérer si le » personnage qui parle, est un esclave ou un » héros, d'un âge mûr, ou brûlant des passions » de la jeunesse; s'il est femme de qualité ou » nourrice bruyante; un Assyrien débauché ou » un barbare né en Colchide; un marchand » voyageur ou un laboureur résident; un Grec » spirituel ou un stupide Béotien. » Nous n'avons qu'à appliquer au geste ce qu'il dit du langage. Ajoutons à ceci ce que Lucien prescrit en parlant expressément d'un pantomime : « Il faut, dit-il, » garder surtout la bienséance sans s'emporter » au-delà; car il y a un vice d'affectation dans la » pantomime comme dans l'éloquence, lors-» qu'on passe la mesure des choses qu'on veut » représenter, et qu'on fait trop grand ou trop » petit, ce qui doit être petit ou grand; surtout » conservez bien les caractères, soit rois, princes, » soit gens du peuple, pasteurs et autres. »

Combien d'excellentes choses n'a-t-on pas dites et redites, sur ce point, depuis ces écrivains célèbres? Cependant nous ne trouvons rien ou presque rien dans les ouvrages qui traitent des beaux

arts lorsqu'il s'agit de déterminer les lois de la
convenance dans le geste pittoresque en particulier. Les écrits des modernes sont loin d'avoir
reparé les pertes que nous avons faites des nombreux traités qu'avoient laissés les plus célèbres
peintres de l'antiquité, et nos écrivains n'ont pas
cru devoir établir d'autres règles que celles qu'ils
reconnoissoient avoir été pratiquées dans les tableaux et dans les sculptures des artistes modernes : en sorte que la théorie n'ayant jamais été
supérieure à l'art, celui-ci n'a pu s'élever au-
dessus de son premier élans.

Il ne reste plus rien à écrire sur la peinture,
répète-t-on tous les jours. Non ; si l'on prend les
préceptes dans les ouvrages des modernes, car
ils ont fait ce que l'on a prescrit et on n'a prescrit que ce qu'on leur a vu faire. Des observateurs sans préjugé, ont comparé, par fois, l'art
antique à celui des modernes, et ils ont voulu
soulever le voile ; mais on a détourné la vue et
l'on a eu pitié de leur prévention.

Webb, cet écrivain indépendant, (1) qui, plus
d'une fois, vante la convenance dans le geste des
statues antiques, et qui s'est expliqué sans contrainte sur l'extravagance des gestes Michel-An-
gelesques, n'a point approuvé Raphaël, qui,

_____

(1) Recherches sur la beauté de la peinture, et sur le
mérite des Peintres anciens et modernes, traduit de l'Anglais
par M. B....., 1765, in 8°.

pour représenter Dieu débrouillant le chaos, a peint un vieillard les membres étendus et contrastés, plauant au milieu des tourbillons, et paroissant agir physiquement, plutôt que produisant ses prodiges par sa simple volition, et dans le calme sublime de tout son être. Les apôtres, les saints, les martyrs dans nos fameux tableaux, offrent des attitudes peu convenables, indécentes, et souvent même ridicules; pourquoi? c'est, répondra-t-on, que ces poses ayant été consacrées par trois siècles de beaux arts, elles sont ainsi devenues traditionnelles. Fort bien; mais, pourquoi Apollon, les Muses, les Graces, sont elles sans noblesse et sans convenance dans tant de tableaux modernes? Répondez. C'est, vous dis-je, qu'on n'a connu, ni l'antique, ni les règles antiques, et qu'on est resté dans le cercle trivial de la routine académique. Toujours des poses d'école, toujours des membres placés-là, et de telle ou telle manière en dépit de la nature, et le tout presque toujours fort laid et fort impropre. Au moins, chez les Romains dégénérés, qui oublièrent quelquefois la nature, c'est-à-dire la vérité, vit-on produire toujours des images belles et des signes nobles dont la combinaison flattoit le sens de la vue, et rappeloit la destination des beaux arts; mais l'indécence et la laideur sont les enfans de la barbarie.

J'ai parlé ailleurs de ces fantômes de théâtre que le peintre prend souvent pour la nature: ici

9*

je rappellerai ces fantômes d'atelier qui, viennent l'obséder et s'emparer malgré lui de son
esprit. Cherche-t-il l'attitude, le geste d'un héros, ou celui d'une nymphe chaste et gracieuse ?
mille fantômes viennent grimacer à ses yeux : il
veut penser à un geste énergique, mais noble,
sublime et plein de beauté, il ne rencontre dans
sa mémoire que de pitoyables poses d'écoles ou
de ridicules mouvemens d'atelier. Enfin ne veut-
il seulement que l'attitude simple et décente du
portrait d'un personnage de nos mœurs ? mille
poses guindées, apprêtées, se retracent, malgré
lui, à son imagination.......

Tâchons de démontrer encore, combien le
peintre dépend de ses idées d'habitudes et de ses
goûts particuliers, lorsqu'il veut trouver des
gestes et des attitudes qui soient convenables aux
personnages représentés. Puis j'entrerai dans quelques détails, sur les lois de cette convenance
dans la pantomime.

Lorsqu'on réfléchit sur les moyens principaux
qui peuvent former un grand peintre, on ne peut
s'empêcher de reconnoître qu'il lui faut, au
moins, autant de jugement que de sensibilité.
Une preuve de cette vérité, c'est que la plupart des
fautes, dans l'art, sont des fautes de convenance,
et que toute la finesse et la force de l'imagination,
toute la facilité, tout le tact de l'artiste, viennent échouer contre cet écueil. C'est une qualité
bien rare que cette justesse de discernement, qui

nous fait distinguer ce qui convient véritablement, et c'est un don peu commun que cette force
d'esprit qui nous fait préférer ce qui est propre et
convenable à ce qui est seulement séduisant. Le
mot convenance étoit continuellement à la bouche
des Anciens, et tous recommandent ou louent
ce qui convient. On peut dire que la convenance, dans le geste, est un mérite qu'on ne
rencontre que très-rarement dans les ouvrages de
la peinture et de la sculpture. Nous avons tous
dans l'imagination de certaines affections prédo-
minantes qui nous font incliner vers un choix
exclusif qui n'est souvent qu'à nous, et que nous
sacrifions avec peine à la convenance réclamée par
la nature, par l'art, et par le bon sens. Quoique ce
choix ou cette inclination de préférence soit vicieuse, nous ne la rectifions pas ; et nous aimons
mieux supposer que dans le cas où les modèles
que nous consultons ne nous donnent pas le geste,
le mouvement que nous exigeons, il n'en est
pas moins vrai que notre idée ne soit juste, convenable, et notre sentiment excellent. Qui ju-
gera le peintre dans ce combat, entre la nature
et ses inclinations personnelles, entre le modèle qui lui refuse ce qu'il s'obstine à croire bon
et possible, et son imagination qui lui dicte im-
périeusement des lois. C'est ici que l'on reconnoît toute la puissance de la théorie et tout
l'avantage des lumières de la philosophie. Mais
qu'ils sont rares les artistes qui savent diriger

leur imagination par la force de la raison, et qui savent tempérer leur irritabilité par un jugement éclairé! Le neuf est préféré au convenable; le bizarre et l'original au beau reconnu, mais devenu insipide. Cependant que veulent dire les artistes qui demandent du neuf, lorsqu'il s'agit d'imiter la nature, et qui ambitionnent plus l'extravagance que le sens commun? Ignorent-ils donc que le vrai mérite consiste à être neufs, en restant dans le cercle prescrit par l'art et par la nature?

Les Grecs aimoient mieux répéter une idée convenable, en l'embellissant de quelques nouveaux caractères, que d'emprunter les bizarreries d'une imagination sans frein. Mille fois ils se sont exercés sur des types classiques, parce que ces types étoient propres et convenables. Car ce qui convient est toujours bon, et ce qui n'est que neuf, n'est que trop souvent faux et méprisable.

Le geste doit être convenable; mais quelle longue étude que celle qui nous fait passer en revue, et les gestes de la nature que nous pouvons avoir sous les yeux, et ceux que l'art a multipliés depuis tant de siècles! Tous ces rapprochemens sont cependant nécessaires pour apprendre à discerner ce convenable que nous cherchons, et l'on peut dire que les monumens en apprendront plus que la nature même, car c'est dans les monumens que nous jugeons bien mieux si les gestes sont beaux et convenables, tandis que les charmes fugitifs de la nature nous séduisent et nous trompent, en ne nous permettant pas d'étudier long-temps les comparaisons.

Mais il ne suffit pas de répéter que le geste doit être convenable : il s'agit aujourd'hui de déterminer les moyens d'exprimer complétement cette convenance. Avouons qu'ici l'on reconnoît le vide de nos théories, et qu'il faudroit avoir appris ces secrets sur les bancs des écoles antiques. Tâchons néanmoins d'indiquer des aperçus généraux.

J'ai dit que les gestes recueillis par les anciens artistes, comme les mots d'un dictionnaire pittoresque, devoient avoir été classés par *modes* et par caractères. L'étude des monumens le prouve. Mais les *modes optiques* du geste sont aussi difficiles à retrouver et à recomposer parmi nous, que les modes acoustiques de la musique, dont nous n'avons conservé que les dénominations. Nous savons que les Anciens distinguoient les modes Phrygien, Dorien, etc., etc. ; mais serions-nous sûrs aujourd'hui de chanter dans ces modes?

Les Minerve, les Jupiter, tous les grands Dieux, les héros, sont toujours représentés par l'art antique avec leur caractère. Que ce caractère ait été une loi de la religion ou de l'art, peu importe ici, mais quelle étoit cette loi? quels étoient les moyens de conserver, de spécifier ce caractère? Point de doute que ces moyens n'aient été résultans principalement des combinaisons optiques des lignes, lorsqu'il ne s'agissoit que du geste : tous ces moyens avoient été empruntés à la nature ; mais ils étoient devenus moyens de l'art, et l'art avoit même ajouté dans certains cas à ce que pouvoit offrir la nature, c'est-à-dire, que non-seulement on avoit retenu les gestes de certains individus qui étoient propres à déterminer tel mode et tel caractère ; mais l'art optique avoit ajouté des moyens de signifier encore davantage ces convenances et ces modes. Par exemple, la règle vouloit que dans un caractère grave et sublime, les lignes fussent simples, grandes ; qu'il y eût peu de contrastes, peu de petites variétés, et peu de mouvemens opposés, en un mot, que la beauté optique fût subordonnée à la beauté réfléchie ou à la convenance (1). Ainsi donc, la mollesse, la pudeur, la force, la jeunesse, la vieillesse, l'enfance, avoient leurs lignes, et ces lignes, toutes conformes à la nature, étoient sacrées. On conçoit qu'il faudroit remonter aux sources de l'art optique pour expliquer tous ces effets ; mais s'entend-on même aujourd'hui, quand on veut parler de ce qui est simple, grand, un, varié, etc., et seroit-on d'accord sur toutes ces questions ?

Je suspends donc ici des recherches qu'il faudroit rendre méthodiques, et je réserve ces études pour le temps où je publierai ce que j'ai

---

(1) Voyez la définition de la beauté, à la fin de cet écrit.

recueilli sur les lois de la beauté et sur l'expression des caractères. Je vais finir par quelques
réflexions générales, sans sortir du point dont
il s'agit ici.

On recommande aux élèves de mettre du mouvement dans leurs figures; mais lorsque l'action
de ces figures est aisée et simple, c'est une chose
absurde que ce mouvement recherché. Il détruit
souvent l'unité et la convenance, et malgré cette
prétendue chaleur, le spectateur est de glace.
Souvent c'est le modèle qui trompe l'artiste, mais
le modèle n'est pas la nature. Le modèle est un
individu, et si voulant représenter, par exemple, la douleur tranquille du jeune Aristée, de
Virgile pleurant sur ses abeilles, je consulte le
geste d'un modèle payé pour m'offrir la nature,
je serai dupe d'une faute si grossière; car le geste
de ma figure doit être simple et naïf, comme
celui des bergers. Tout ce qui rappelle l'éducation, la politesse et l'afféterie, doit être banni
de la pantomime, et de même que les anciens
donnoient aux pasteurs le *pedum* pour attribut
caractéristique, de même ils leur donnoient des
gestes pleins d'innocence et de simplicité. De
plus, ce n'est point le bel Aristée qui doit ici
faire remarquer sa douleur; ce soin est celui de
l'artiste. L'acteur représenté par l'artiste doit être
affligé comme un individu naïf et plein de grace,
mais qui ne se croit point observé, et le spec-

tateur doit oublier l'art et le modèle pour ne reconnoitre que le naturel.

Le peintre qui s'affranchit de la convenance est certainement bien plus à l'aise que celui qui veut respecter les mœurs. Il est vrai que les succès de quelques tableaux très-expressifs, mais dont les gestes sont d'une impropriété choquante, ont rendu indulgens plusieurs admirateurs. Cependant le plaisir des ignorans ne doit point servir de règle.

Certains écrivains ont avancé que la recherche des convenances éteignoit le génie, et qu'elle nuisoit à l'expression; mais ils n'ont dit cela que parce qu'ils regardoient certains tableaux comme le plus grand effort de l'esprit humain. Ils avancoient cette doctrine barbare en ajoutant que le mieux est l'ennemi du bien. Cela rappelle un mot de Cochin, qui, pour justifier Paul Veronèse, dont l'usage est d'affubler tous ses personnages d'habits vénitiens et de vêtemens de caprice, nous dit que c'est à cette négligence du costume qu'on doit la grande vérité de ses étoffes.

Le grand, le sublime de l'art, c'est de peindre les mœurs et par conséquent les caractères. Comment y parvenir sans la convenance? C'est toute la nature collective qu'il faut consulter, et non la nature individuelle seulement. Il faut séparer certains traits parmi les choses indifférentes que font les hommes en général, et ne choisir que ceux qui conviennent au caractère qu'on veut exposer dans le tableau. Là est le vrai mérite et le vrai génie.

Passons maintenant à cette importante partie du geste qui est relative à la beauté. Cette question exige une étude d'autant plus réfléchie, qu'elle n'a jamais été réellement éclaircie dans aucun écrit sur les arts.

De la Beauté du Geste pittoresque.

LE geste pittoresque doit être beau. Faire vrai n'est que le moyen ; faire vrai et beau voilà le but. La beauté, dans son acception physique et morale, est le but des arts libéraux.

Le peintre se propose-t-il de représenter une action belle et magnanime ? cette action doit être belle et magnanime dans le récit optique, et la beauté du sujet doit passer dans la peinture. Il reste à expliquer comment l'artiste pourra donner dans son tableau l'idée d'un héros magnanime, d'un individu noble et gracieux, plein de vertu et de beauté. Où sont les épithètes du dictionnaire pittoresque ? où sont les phrases qui préparent l'esprit du spectateur et qui lui laissent une image distincte et puissante de ce grand caractère ? N'est-ce pas sur-tout par la disposition des lignes, des masses et de toutes les parties qui constituent l'apparence, qu'on pourra obtenir ces résultats? Qui pourroit donc douter qu'il ne suffit pas d'être doué d'une vive sensibilité et d'un esprit élevé et poétique, lorsqu'il s'agit de communiquer par une langue particulière ; mais qu'il faut en outre bien connoître les combinaisons qui composent les belles expressions de cette langue ? Homère nous retrace la colère du Dieu de la lumière, lançant des traits mortels dans le camp des Grecs. « Le dieu couronné descend, » dit-il, des sommets de l'Olimpe. A chaque pas, » son carquois rempli de flèches, retentit sur ses » divines épaules. A chaque trait qu'il lance, son » arc d'argent rend un son éclatant et terrible. » Voilà l'image du poëte, voilà le dessin et le coloris de la poésie. Que ferai-je pour traduire en peinture ou en sculpure ces mêmes beautés? irai-je représenter un arc d'argent? irai-je placer le dieu sur les plans inclinés de l'Olympe? sera-t-il représenté au moment où d'une main il tient son arc tendu, et où de l'autre il rapproche de sa poitrine la corde prête à frémir? non. Cette pantomime seroit contraire aux lois de la beauté. Apollon sera droit, mais souple et animé sur ses jambes agiles : rien ne dérobera la vue de ce corps où brillera une éternelle jeunesse. Aucune ligne, aucun angle petit et embarrassé n'altérera cette masse simple et majestueuse. Une clamyde légère accompagnera le bras chargé de son arme divine, et l'autre bras venant de cesser son action, indiquera déjà le repos. Toutes les parties seront grandes et calmes, et cependant le dieu sera plein de vie. Son action sera très-vraie et toute pleine de mouvement ; mais elle sera belle et divine. Son courroux sera très-apparent, mais il offrira un spectacle superbe.

Rubens a représenté Apollon (dans la galerie du Luxembourg), et il a voulu imiter l'Apollon antique ; mais l'élève de l'école grecque fait paroître ignoble et barbare le maître de l'école flamande. Rubens a craint la froideur de la sculpture, et son dieu est laid et tourmenté. Le sculpteur ancien a respecté la beauté, et son dieu est plein de vie.

Nous admirons un tableau de Raphaël, qui représente l'archange Michel terrassant le démon, et le nom illustre de Raphaël a fait trouver une grande beauté dans cette figure. On auroit dû seulement y remarquer une grande expression et une grande justesse de dessin. Je doute que les Grecs eussent trouvé belle cette figure, qui est composée de lignes maigres et diffuses, et dont la disposition est, si l'on peut s'exprimer ainsi, très-conforme aux principes de la laideur. Il est certain que Raphaël se violentoit dans ce tableau, et il ne le sentoit pas ainsi ; mais il étoit déjà dupe de la fausse science qui en imposoit dans toute l'école de Michel-Ange.

La beauté brille dans tous les gestes, représentés sur les monumens des anciens. La beauté accompagne toutes les actions des personnages imités ; et si les caractères subalternes de quelques figures dispensèrent les artistes d'employer des combinaisons de la plus haute beauté, toujours ils ont cherché à plaire, et jamais dans le geste le plus composé ils n'ont donné l'image de la laideur. Il n'en a pas été ainsi chez les modernes ; car depuis qu'ils eurent dévié de la trace de l'art antique, qui, dans les productions mêmes du moyen âge, se faisoit encore respecter par la conservation des grands principes de la beauté appliqués à la disposition du geste ; on s'abandonna aux écarts d'une indépendance capricieuse.

On ne chercha que le mouvement, l'esprit, le remuant, le chaleureux, et alors commença réellement le style barbare de la peinture (1). La roideur et le défaut de vie de certaines figures des derniers temps de l'art antique, firent renoncer tout-à-fait au beau style des Grecs ; et, dans les éco-

_____

(1) Voyez ce qui a été dit dans une dissertation sur les peintures du moyen âge (Paris, 1812, chez Delaunay), et dans le Magasin encyclopédique du mois de mars de la même année. J'ai tâché, dans cet écrit, de démontrer qu'à l'époque dite de la renaissance, vers le seizième siècle, la peinture qui venoit de gagner en imitation et en exécution, avoit réellement perdu en dignité, en naïveté et en beauté. J'ai tâché aussi de distinguer le caractère gothique de celui qui appartient à l'antiquité. Le public pourra juger de la justesse de mes opinions, en voyant une collection de tableaux de ces temps reculés, que M. Denon vient de former en Italie, et dont il doit bientôt enrichir le Musée Napoléon.

les, les esprits étoient tellement dominés par le
desir ridicule d'enfanter des choses originales,
qu'on tourmenta même les draperies : enfin ce
goût tyrannique alla jusqu'à violenter les étoffes.
De tous les hommes imposans qui pouvoient le
plus influencer le goût du public par leur talent
supérieur et leur vaste génie, c'est Michel-Ange
qu'il faut nommer le premier : ce grand homme
fixa tous les partis, et comme il ne rechercha
que l'extraordinaire et même le terrible, et qu'il
fit peu de cas des règles de la beauté, ses
imitateurs s'affranchirent aussi de ces règles,
qui les auroient trop captivés, et la peinture de-
vint dans leurs mains un art de fougue et de caprice qui étala, dans toute l'Europe, le goût de
pantomime le plus sauvage et le plus extravagant.
En effet, pouvons-nous appeler beaux les gestes
qu'on voit sur les bas-reliefs, les camées, les statues antiques, et appeler beaux, en même temps,
les gestes qu'on voit, par exemple, dans la chapelle Sixtine au Vatican ? Pouvons-nous aimer
quelques bonnes figures qu'Annibal Carrache a
imitées de l'antique dans son triomphe de Bacchus
au palais Farnèse, et aimer en même temps toutes
les figures académisées, contournées et reco-
quillées, que ce même peintre a placées à l'instar
de Michel-Ange, et près de cent ans après lui,
dans cette même galerie, sur les tympans, sur
les corniches, etc. Ce pitoyable goût d'attitude
infecta l'Europe entière, et l'on ne peut plus le-

ver les yeux aujourd'hui dans les anciens palais,
sans être offusqué de tous ces magots retroussés
et effrayans par leurs hideuses contorsions. Vol-
taire, qui n'étoit pas très-recherché lorsqu'il parloit des beaux-arts, s'exprime cependant ainsi
dans son *Temple du Goût*:

> Je couvrirai plafonds, voûtes, voussures....
> Par cent magots travaillés avec soin....
> Le tout glacé, verni, blanchi, doré,
> Et des badauds à coup sûr admiré.

Mais quittons ces corniches, ces plafonds que
personne n'aime, et parlons des tableaux d'école
que tout le monde admire. Pourquoi répéter que
la beauté a été connue des hommes célèbres qui
ont illustré nos arts. Pourquoi confondre les parties et ne pas analyser et distinguer les qualités.
Toujours l'association des idées nous trompe. En
effet, telle pantomime est fort expressive; tel
dessin est vigoureux et ressenti; tel air de tête
est grand et imposant, quoique la disposition du
geste soit peut-être fort déplaisante à la vue. Où
trouver dans les modernes cette beauté du geste
qui, chez les anciens, faisoit aimer l'art et ren-
doit la peinture et la sculpture utile et bienfai-
sante? Est-ce dans les personnages du tableau de
la transfiguration de Raphaël? Est-ce dans les figures du saint Jérôme du Corrège, et dans la Léda,
ou dans l'Antiope, du même peintre? Est-ce
dans les figures de la partie supérieure du fameux
martyre de sainte Agnès, du Dominiquin? Est-

ce dans son David jouant de la harpe, ou dans la Vénus parée de la main des Graces , tableau du Guide, dont tout le monde connoît la gravure, etc. , etc. On pourra m'accabler d'exceptions, mais je puis opposer mille et mille tableaux célèbres dans lesquels le geste est hideux, gauche, ignoble , essentiellement laid. Oui , la barbarie avoit gagné jusqu'à nous à travers nos tableaux , nos sculptures , nos médailles , nos monnoies, nos pierres gravées , etc., etc. ; mais d'où venoit cette barbarie? Etoit-ce des Goths , des Vandales? non. Les Goths ne voulurent point faire la guerre au bon goût, et ils admiroient, plus qu'on ne pense, les merveilles des anciens (1). Cette barbarie prit sa source dans la belle Florence , qui vouloit, il est vrai, reprendre l'art où les Grecs l'avoient laissé, mais qui fut séduite par des hommes ambitieux dont le talent fascinoit tous les yeux. Enfin, les caractères de la laideur du geste devinrent classiques, et depuis les ouvrages de l'orfévrerie jusqu'aux grands ouvrages de la peinture, on ne vit dans la plupart des figures que des dispositions , que des attitudes ridicules , laides ou repoussantes (2).

(1) Voyez ce que dit M. Emeric David, dans son *Discours sur les peintures modernes*, page 97 et suivantes, au sujet de Théodoric, et au sujet d'Alaric, page 85.

(2) Vasari ne pensoit pas ainsi. Il s'étoit mis à la tête de la secte Michel-Angelesque , et la protection du grand duc

10

Les temps sont changés ; les charmes de l'antiquité se sont rajeunis pour nous, et la beauté a re-

Cosme Ier. et de son fils François, l'autorisoit à multiplier
ses prosélytes en vantant à outrance tous les artistes Florentins. Mais les écrivains italiens d'aujourd'hui sont tous revenus sur le compte du partial Vasari, et je crois servir l'art
ainsi que mon opinion en citant un passage d'un auteur tos-
can tout moderne, qui vient d'écrire aujourd'hui du sein même
des arts, à Florence. (Cet ouvrage a pour titre : *Dello Stato
delle belle Arti in Toscana, Lettera del cavaliere Tomaso
Puccini, segretario della reale Academia di Firenze e di-
rettore della imperiale galleria, al signore* Prince Hoare,
segretario della reale academia di Londra, 1807.) « Michel-
» Ange, dit-il page 11, beaucoup plus observateur des Grecs
» qu'il ne fut leur disciple, avoit prédit lui-même la corrup-
» tion que ses imitateurs devoient apporter après lui dans
» l'art de la peinture et de la sculpture, et en effet ils ne
» furent tous que les singes de Michel-Ange. On diroit qu'ils
» ont plus aspiré au titre d'anatomistes qu'à celui de pein-
» tres ou de sculpteurs. Aussi leurs ouvrages ne sont qu'une
» vaine parade de muscles et d'attitudes forcées et bizarres.
» Ils confondent toujours le moyen avec le but qui est l'ex-
» pression et la vérité. Telles sont les sculptures de Bandi-
» nelli, d'Ammannati, de Tribolo, sans en excepter celles
» de Cellini, malgré leur caractère de grandeur, ni celles de
» Sansovino et de Jean de Boulogne, quoique plus sobres et
» plus châtiées. Telles sont les peintures de Salviati, d'Angelo-
» Bronzino, d'Alessandro-Allori, de Zaccheri, d'Aldini, de
» Poppi, qui non seulement sont faux dans leurs draperies
» et dans leur coloris souvent trop vague, souvent trop sé-
» vère, et presque toujours gris et cendré, mais qui malgré
» leur science et leurs grandes études, n'en sont pas moins
» entachés du vice de *maniéristes* et d'*imitateurs menson-*

pris enfin ses droits ; mais qu'il est dur à souffrir,
le frein qui doit dompter nos inclinations , et

» *gers* , et cela parce que le législateur Vasari avoit persuadé
» qu'à force de dessiner on apprend à faire par cœur et sans
» modèle. » A propos d'anatomie, on croiroit, à entendre
tous les écrivains, que Michel-Ange a excellé admirablement
dans l'art de l'anatomie sculpturale ou pittoresque ; mais en
conscience, dépouillons-nous des idées de la prévention sug-
gérée par la célébrité. Analysons les qualités, et nous verrons
que ce terrible dessinateur péchoit presque toujours contre la
vérité du mécanisme, qui est la base de l'anatomie. Tout le
monde comprend la différence qu'il y a entre la science de
l'anatomie morte et la science de l'anatomie vivante dont les
lois sont immuables. Qu'eussent dit les Grecs en présence de
cette myologie fausse, affectée et étalée par-tout avec une
parade grossière sur les figures délicates des femmes comme
sur les corps robustes des athlètes : car enfin il s'agit en peinture de l'anatomie vraie et belle ? Qu'eût pensé un Barthez ,
ce savant et profond mécanicien qui a si bien raisonné sur
les mouvemens de l'homme dans un ouvrage trop peu connu
des artistes (*Nouvelle mécanique des mouvemens de l'homme
et des animaux* , 7 fr. 50 c. et 9 fr. franc de port 1 vol. in-4°.,
Paris, chez Demonville) ? que pense enfin réellement le sculpteur
et le peintre studieux qui, en présence d'une figure de Michel-
Ange, raisonne de sang-froid sur une partie, sur un muscle,
sur un mouvement ostéologique ou sur la forme et la valeur
d'une apophise ? On n'ose pas le dire, on redoute l'enthousiasme routinier de ces louangeurs qui crieroient au blasphême,
et les autres qualités de ce grand artiste fascinent les yeux.
Il restera toujours assez pour la gloire de cet homme extraordinaire, de ce génie étonnant qui s'illustra également dans
l'art du peintre, du statuaire et de l'architecte, d'avoir eu
constamment des idées élevées, gigantesques, violentes et

10 *

nous maintenir dans le vrai chemin du beau !
Qu'il en coûte d'être retenu dans sa fougue et
dans ses habitudes par des liens sévères, et qu'ils
sont puissans ces exemples funestes, laissés par
des hommes admirables dont le talent nous
étonne, malgré nous, tous les jours !

Lorsqu'on dit qu'il y a des moyens de retrouver les secrets des Grecs dans l'art de la beauté, la
vanité répond : ces règles sont imaginaires. Chaque peuple n'a-t-il pas son goût ? Telle chose vous
plaît qui peut me paroître fort laide, et il n'y a

---

pleines de feu; mais son talent vraiment éminent dans la
peinture, doit être désigné sans équivoque, et je crois qu'on
doit le faire consister dans le grand art avec lequel il exprime, il écrit énergiquement par le dessin toutes les formes;
dans l'art avec lequel il manifeste une grande puissance significative dans les plans, dans les lignes, etc., etc.; dans ce
sentiment perspectif qui donne une vie, un mouvement, une
étendue et un développement optique et presque magique
aux objets qu'il se plaisoit à représenter sous des aspects
raccourcis, et desquels il triomphoit si habilement; enfin dans
ce goût dominant et toujours soutenu quoique trop souvent
sauvage et impropre qui décore d'une manière barbare, il
est vrai, mais très-grande, très-imposante et vraiment
terrible tous les ouvrages de son pinceau. Josué Reynolds,
en voulant faire l'éloge de Michel Ange, a fait la critique
la plus complète de ses défauts. « Ses personnages, dit-il,
» n'ont rien dans leur air, leur attitude ou dans le style de
» leurs traits ou de leurs formes qui indique qu'ils sont de
» notre espèce. » (Cinquième discours, tome 1er, de la *Traduction de Jansen*, page 173.)

point de lois réelles du beau. Imitez la nature, répète-t-on : la nature ne plaît-elle pas ; d'ailleurs les tableaux des grands maîtres plaisent à tout le monde ; voyez comme on se les dispute, comme on les goûte.... Mauvais raisonnement, logique mensongère. Menez une personne innocente et d'un goût naturel en présence de ces anciens tableaux d'histoire de toutes nos écoles, elle pourra partager votre admiration ; elle sera, peut-être, surprise de la force des expressions, du ressort des couleurs; mais demandez-lui si ces spectacles plaisent véritablement à sa vue, si toutes ces attitudes et ces ensembles lui paroissent être des types de beauté, et elle conviendra ingénuement qu'elle en trouve à peine quelques-uns qui lui plaisent réellement, et dont la beauté puisse la charmer.

Les gens de bonne-foi conviendront eux-mêmes qu'ils ont souvent entendu, en présence des plus fameux tableaux, de pareils aveux. Irez-vous dire que le juge étoit dépourvu de science, et qu'il ignoroit les mystères de l'art? Eh ! pour qui donc est faite la peinture? Seroit-ce pour les demi-savans, qui jugent sans leur ame, et qui se servent de leurs yeux comme on se sert d'un instrument pour déchiffrer l'arabe ou le chinois? Non, disons-le ici : depuis que les lois du beau se sont éteintes dans les âges de la décadence, on n'a pas cherché à les faire revivre, et ce n'est que depuis peu que les modernes consentent à s'y soumettre.

Mais, dira-t-on, on ne lit nulle part ce que

vous avancez ici ; personne ne l'a donc pensé ; on a donc répugné à l'écrire, point du tout, c'est que personne n'a entrepris de le prouver. On aime bien mieux admirer tout avec la foule, que d'avouer des affections étranges dont on ne peut rendre compte. On renchérit même sur les louanges, et l'on a épuisé toutes les épithètes. Qu'en est-il résulté ? l'art est resté au même point, ou, pour parler plus juste, l'art s'est dégradé. Si nous cherchons donc la cause qui le fait relever aujourd'hui, nous la trouverons dans la franchise des gens indépendans, dans la contemplation des chef-d'œuvres grecs (1), mais sur-tout dans

---

(1) On peut dire que pendant plusieurs siècles les chefs-d'œuvres de la sculpture antique n'ont été réellement appréciés que par quelques hommes qui en voulurent faire leur profit particulier. C'est surtout à l'immortel Winkelmann que nous devons le retour sincère qui nous a rapprochés du goût des Grecs ou de la nature. On ne pense plus maintenant que des statues antiques soient des curiosités inutiles et propres à remplir les cabinets comme on les remplit parfois avec les carquois de sauvages, les bateaux et les haches du Canada ou les pantouffles de la Chine. On sait que les statues antiques sont des imitations excellentes de ce que la nature offre de plus beau et de plus intéressant. Le grand avantage attaché à la contemplation de ces belles choses consiste en ce que nous découvrons clairement l'ignorance de tous ceux qui ont voulu les copier ou les imiter dans leurs tableaux ; car les originaux sont remplis de grace et de vérité, et les imitations sculptées, gravées ou peintes qu'on nous a données pour de bonnes traductions, ne sont que trop

les grandes leçons et les grands exemples donnés
par le chef illustre de l'école moderne : c'est à lui
seul, et non au respectable maître qu'on associe à
son nom (1), que la peinture est redevable de sa
nouvelle gloire. Puissent ses élèves ne jamais mé-
connoître cette vérité, et propager long-temps
les doctrines précieuses qu'il a ravies lui-même
aux Grecs, et qu'il a puisées, comme eux, dans
la nature !

Les Anciens avoient-ils un principe universel
par lequel les artistes choisissoient et imitoient la
beauté ? Quel étoit ce principe ? Ces questions seront l'objet des dernières recherches de cet écrit.

Une foule de preuves se présente à notre esprit
pour nous convaincre que les anciens procédoient
tous, d'après un principe, un et universel, par

---

souvent de grossières parodies du talent des anciens. On reconnoît donc qu'on a eu tort en tout temps de négliger d'aussi
beaux originaux sur lesquels les copistes esclaves des écoles
passées avoient donné à toute l'Europe les idées les plus
fausses.

Quelqu'un disoit dernièrement, en présence d'un tableau
dont les têtes étoient ridicules par le peu de distance que le
peintre avoit mis entre la bouche et le nez : « Voilà l'incon-
» vénient d'imiter l'antique. Il ne faut pas imiter ce que l'an-
» tique a de défectueux : cette tête n'a point de lèvre supérieure. » Il ne fut pas facile de lui faire entendre que l'antique n'offroit point ce défaut et qu'on ne le trouve que dans
ces prétendues imitations ou dans ces figures d'ornement éta-
lées dans les magasins de meubles, et sur les pendules.

(1) Monsieur *Vien*, mort à Paris en 1809.

lequel ils ont donné à leurs productions un caractère général qui appartient à la beauté. Il est
vrai qu'ils ont tous puisé leurs modèles dans la
nature, et qu'ils en ont étudié toutes les variétés,
ce qui jette une diversité infinie dans leurs ouvrages ; mais néanmoins ce qui les rend si recon-
noissables entre eux et si différens de tous les ouvrages modernes, c'est leur commun aspect de
beauté. Répétera-t-on encore, avec les écrivains,
que c'est peut-être au climat qu'ils doivent ces
avantages, comme si le climat pouvoit avoir déterminé tous ces artistes à disposer les lignes, les
masses dans un certain ordre et d'après le même
principe? Dira-t-on que ce sont les mœurs qui les
ont déterminés à n'offrir aux yeux que des vêtemens, que des ajustemens d'un bel effet, lorsque
ce bel effet est le résultat de calculs optiques
certains, lorsque nous savons que les modes et
les fantaisies des peuples leur ont fait adopter très-
souvent des accoutremens bizarres, laids, et tout-
à-fait baroques? Sera-ce enfin ce prétendu tact
délicat, qui étoit un don particulier du ciel en
faveur des Grecs? Est-ce à ce privilége, dis-je,
qu'on doit le caractère de beauté qui frappe dans
toutes leurs productions? Cette conjecture seroit
absurde, puisque d'autres peuples, et plus tard
les Romains, devinrent quelquefois leurs rivaux
dans l'art de la beauté.

A quoi donc attribuer l'excellence de leurs
ouvrages? à l'excellence de leurs principes ; et à

quoi attribuer la beauté de toutes leurs statues? au principe un et sacré du beau.

Il paroît difficile à croire qu'un secret aussi important ait pu se perdre, ou qu'il n'ait pu être retrouvé par les modernes. Mais, dans les arts, les principes les plus simples sont facilement délaissés lorsqu'on donne accès aux fantaisies et aux préventions, et lorsque ces principes ne sont plus conservés en dépôt dans un sanctuaire particulier.

Chez les Egyptiens, chez les Grecs, etc., les grands axiomes de la morale, de la religion et de la politique, étoient gravés sur l'airain et sur des substances indestructibles. Ces antiques maximes étoient déposées dans les monumens ainsi que dans le cœur et l'esprit des initiés. Qui empêche de croire que les mystères des arts n'aient aussi été sacrés chez ces nations, qui les regardoient comme tributaires de leurs grandes institutions ? Je ne suis point éloigné de penser que certains principes, respectés dans l'antiquité, aient pu être considérés comme un secret, qui rallioit quelquefois les artistes lorsqu'ils se servoient entre eux de certains signes savans dont ils comprenoient seuls l'importance ; et je ne rejette point l'opinion d'Hogarth, qui conjecture, au sujet des fameuses lignes d'Apelle et de Protogène, conservées à Rome au dire de Pline, que ces lignes pourroient bien avoir été un de ces signes révélés aux initiés, et que les artistes employoient pour se faire reconnoître. Je crois qu'il peut y avoir eu, dans ces lignes, une combinaison qui indiquoit les principes de la beauté, et un certain ordre plus ou moins savant, dont ces hommes de génie avoient fait réciproquement un usage ingénieux pour rappeler les lois de la beauté, et pour en indiquer habilement les principaux calculs. C'étoit sûrement ces questions et plusieurs autres analogues, qu'avoient traitées à fond les peintres de l'antiquité dans leurs écrits théoriques. Ils y développoient probablement les principes optiques qui constituent la beauté, et ils y expliquoient quel étoit l'ordre de toutes les plus belles combinaisons dans tous les cas ; ils expliquoient en quoi consiste le simple, le grand, et les moyens de faire paroître une partie ou un tout plus ou moins simple, plus ou moins grand, etc., etc., en un mot, l'art des rapports.

Comme nous ne trouvons rien de précis dans les auteurs sur ces règles d'école, nous sommes tentés de croire que de pareilles recherches sont de vaines futilités, et l'on aime à répéter que le goût, le génie ne connoissent point ces règles, ces calculs et toutes ces entraves. Aussi, quand nous citons un ouvrage de génie dans les arts modernes, nous ne voulons pas dire que ce soit une chose belle pour les yeux. Le génie des artistes a été exempté de remplir ces conditions, et à cela près de quelques préceptes qu'on a appliqués à l'ordonnance dans les grandes compositions ; à cela près de quelques combinaisons dans les groupes de la Statuaire, régles qui néanmoins ont varié suivant les temps, les modes et les pays, à l'exception enfin de certains calculs dans le clair obscur, qu'on a empruntés au Titien, et dont les bons coloristes se sont emparés, on peut dire que tous les préceptes, relatifs au beau optique, ont été incertains, arbitraires, ou absolument faux.

J'ai lu à peu près tout ce que les modernes ont écrit de meilleur sur la théorie, et je n'ai jamais rien trouvé de précis et de déterminé sur ce qui est relatif à la *disposition* et à la *beauté*. On a répété beaucoup de lieux communs sur les contrastes des membres (*contra-posto*), sur le mauvais effet des parallèles, des angles et des formes régulières et géométriques, sur l'arrangement qui peut faire plus ou moins grouper les objets, etc. mais toutes ces maximes sont obscures, incertaines, souvent fausses et vicieuses, tandis que chez les anciens la loi semble avoir été une, claire, grande, et comprenant tous les cas et toutes les combinaisons. P. Lomazzo, J. B. Armenini, et leurs copistes, recommandent la forme pyramidale et flamboyante, par laquelle les Florentins vouloient imiter les mouvemens de la flamme, et vivifier par-là leurs figures. Ce sysième a engagé des esprits plus recherchés à préférer la ligne serpentine. Hogarth a dit que la ligne de l'S étoit la ligne de la beauté. Cette ligne S *ou* serpentine

n'a pas paru très-naturelle, et l'on a créé un mot
par lequel on désigne cette ligne de beauté sous
le nom de ligne *méplate* : c'est, a-t-on dit, une
ligne qui tend à la ligne droite sans être droite,
et à la ligne ronde sans être ronde. Mille personnes ont répété le terme *méplat*, *ligne méplate*,
comme on avoit repété ligne serpentine, sans
trop savoir ce que cela vouloit dire ; car enfin il
se trouve dans le plus beau corps, des angles,
des courbes, des droites, etc. Ce corps n'est pas
toujours en repos et inanimé. Il doit être beau
dans ses actions, et la ligne S ou la ligne *méplate*
ne s'accommode guère avec les mouvemens variés de la nature, à moins qu'on ne veuille parler que de certaines parties du corps, et non de
la beauté dans le tout. Tant d'incertitude, tant
d'indépendance dans les goûts a dû nécessairement produire une certaine bizarrerie dans les
images ; et chez les Anciens, tant de respect et de
soumission pour les lois simples et antiques de
l'art, a dû conserver la beauté dans les ouvrages ;
et si parfois l'on aperçoit des écarts, on doit en
conclure, ou que ces exceptions tiennent à quelques considérations particulières, telles, par
exemple, que la vénération religieuse pour certaines images superstitieuses, telle que la nécessité d'imiter quelques monumens d'un style particulier, ou que ces écarts sont évidemment des
violations des règles : car de même que, dans
l'armée la mieux ordonnée, on voit toujours des

soldats s'échapper des rangs , de même quelques
artistes de l'antiquité ont pu enfreindre parfois
les lois sacrées de la beauté.

Dire qu'il n'y a rien , dans les auteurs anciens,
qui puisse servir à expliquer ces règles universel-
les , c'est ce qui me paroît être une décision trop
hasardée ; car je ne doute pas que , si l'on vouloit seulement étudier d'abord l'étymologie de
certains mots artistiques grecs , que les Latins
n'ont pas même traduits , on n'y découvrît beaucoup de lumière. Je ne cite en passant, pour me
faire comprendre ici , que les mots *eurithmie* ,
œconomie ou *œcodomie* , et *symétrie* , qui nous
sont devenus familiers , et dont le sens est néanmoins fort équivoque ; mais ne poussons pas plus
avant ces aperçus.

Je crois fortifier mon opinion, que les Anciens
avoient des règles certaines pour obtenir la beauté
du geste pittoresque, en citant quelques passages
de Quintilien , qui nous rappellent certains principes du geste oratoire , principes qui étoient recueillis dans des écrits. Ces passages n'instruiront
pas beaucoup les peintres , car il ne s'agit que
du geste de l'orateur. Cependant je vais les citer
à l'appui de mon opinion. « C'est une règle cons-
» tante parmi les *maîtres de l'art*, dit ce grand
» rhéteur , que la main ne doit jamais aller plus
» haut que les yeux , ni plus bas que l'estomac ;
» d'où l'on peut juger, ajoute-t-il , s'il est per-
» mis de l'élever jusqu'à la hauteur de la tête

» ou de l'abaisser jusqu'au nombril..... Quand
» on l'avance vers l'épaule gauche, il faut qu'elle
» demeure en deçà; plus loin elle n'auroit pas
» de grace. (*Instit. Orat.*, lib. xi, cap. 2.) »

Quelles sont donc ces combinaisons qui peuvent produire la beauté du geste? avant de m'attacher à expliquer cette théorie, j'ai deux mots à dire sur la manière générale dont les anciens envisageoient le beau dans la figure humaine.

Le grand nombre ou pour mieux dire le nombre immense de statues, de bas-reliefs et de monumens figurés qu'on rencontre continuellement à Rome, m'avoit fait naître une idée qui frappe les observateurs dans cette ville classique, toute peuplée de statues ; c'est que les Anciens possédoient dans l'art certains principes indépendans de la science des formes anatomiques et vraies, et qu'au moyen de ces principes tous leurs ouvrages avoient reçu un caractère de beauté, d'ordre, de réserve et de grace, qui attache et qui laisse dans l'ame quelque chose de grand et d'imposant. Pendant cinq ans j'ai étudié tous les monumens de Rome sous ce point de vue, et j'ai remarqué que la cause principale de cet effet merveilleux tenoit à certaines combinaisons dont il étoit facile d'apercevoir l'application, non seulement à la Statuaire, mais à toutes les productions qui dépendent de l'optique, telles que l'architecture, les ornemens, et toutes les représentations en général, même les moins importantes, comme par exemple les vases, les meubles, les médaillons ou certains ustensiles. J'ai remarqué aussi que plusieurs statues et bas-reliefs qui n'offroient souvent qu'un très-foible degré de beauté dans les formes et dans le caractère des parties, et qui étoient même dénués de vérité et de propriété, appeloient l'œil par ce même aspect imposant, simple et agréable. J'en ai conclu que les artistes de l'antiquité distinguoient, dans l'art, l'imitation de la disposition, c'est-à-dire, le vrai du beau, et qu'ils appliquoient cette dernière qualité non seulement à la composition d'un tout nombreux, mais aussi à la disposition d'un seul objet renfermant un moindre nombre de parties, quel que soit cet objet. Ainsi, de même qu'ils avoient une loi pour disposer des ornemens dans un tout, pour espacer, diviser, agrandir, charger ou diminuer les parties d'un accessoire, d'un meuble, d'un autel, d'un candélabre, d'un monument, de même ils appliquoient cette loi à la disposition des membres d'une figure.... Il est facile de comprendre que, bien que ces combinaisons fussent variées suivant la nature des différens objets auxquels on les appliquoit, la loi n'en devoit pas moins être une et générale, puisqu'elle découloit du besoin de l'organe et du principe des perceptions naturelles ainsi que des affections optiques. N'ayant rien trouvé d'analogue à ces conjectures dans les théories écrites, je m'empresse de citer à ce sujet

l'opinion du célèbre *Goëthe*, qui est entièrement
conforme à la mienne. Voici ce qu'il a dit, il
n'y a pas long-temps, dans ses observations sur
le Laocoon : « Le soin des anciens artistes de
» donner surtout une position régulière et ré-
» ciproque aux extrémités des corps dans les
» groupes, est très-heureux et très-bien imaginé,
» afin que chaque ouvrage de l'art paroisse à
» l'œil comme un ornement, abstraction faite
» du sujet qu'il représente, et en ne voyant que
» les contours les plus généraux dans l'éloigne-
» ment. » Il termine ses observations sur ce
groupe fameux, en disant « que malgré le grand
» pathétique de la représentation, les qualités
» qui tiennent à la disposition, excitent une
» sensation agréable et modèrent la violence des
« passions et des souffrances par la grace et la
» beauté. »

Ainsi les lois de la beauté ne s'appliquoient pas
seulement au caractère des parties du corps, et à
l'ensemble collectif des parties du corps seulement; mais elles s'appliquoient aussi à la disposition et à l'ordre de tous les objets, et de tous les
membres qui constituoient l'ensemble varié d'un
tout, quelles que soient la nature et l'espèce de ce
tout. Il en résultoit, que les artistes anciens ne
considéroient pas l'homme dans les ouvrages
d'art, comme devant être beau, seulement
par sa structure, par sa forme, son caractère,
et la propriété de son action et de son atti-

tude ; mais ils considéroient cette attitude , ce
geste , ce mouvement , comme étant un résultat optique qui devoit avoir ses règles de
beauté particulière, indépendantes de celles qui
étoient relatives à la forme et au caractère de l'individu. L'homme , ainsi envisagé, étoit soumis
à toutes les lois optiques qui constituent la
beauté sensible, et qui étoient communes à tous
les objets animés ou inanimés. Le geste ne devoit
donc pas être seulement vrai, naïf, plein de propriété et de signification , mais il devoit être
optiquement beau, et n'offrir que de belles combinaisons. J'ai déjà dit, et je crois nécessaire de
répéter ici, que la pantomime comprenoit outre
l'action expressive et convenable au sujet , la
beauté et la grace dans tout le style déterminé
par le personnage représenté. Elle comprenoit
l'ajustement de la coiffure, le jet des draperies
qui se varioient à l'infini et très-fréquemment :
elle comprenoit l'art de porter les accessoires nécessaires à l'action ; les armes dans les mouvemens guerriers ; les instrumens ou attributs religieux, etc. Elle comprenoit conséquemment, l'art
de combiner ensemble toutes ces choses, et cette
combinaison qui est une des grandes difficultés de
cette partie de l'art, nécessite une grande étude ;
car, outre qu'il y a mille façons de soutenir une
draperie, de porter un vase, une arme, une lance,
il n'y en a qu'une cependant qu'on doive choisir
pour offrir la beauté dans un cas déterminé, et on

ne la trouve que dans la comparaison d'une action à une autre, d'une ligne à une autre ligne; c'est-à-dire, dans les justes rapports de toutes les parties différentes. La pantomime comprenoit aussi les attitudes du repos, si souvent imitées de préférence par les sculpteurs et par les peintres, comme étant plus propres à produire la simplicité et la beauté; les gestes tranquilles devoient donc être beaux puisqu'ils devoient plaire aux spectateurs, comme les gestes très-animés; ils devoient aussi avoir un caractère optique, conforme au caractère du sujet, et cela rappelle la pensée de Lucien qui rapproche Phidias et Apelles des pantomimes.

Il faut maintenant expliquer en quoi consistoit cette loi des combinaisons propres à la beauté.

Les hommes se sont demandé plusieurs fois en quoi consiste réellement le beau? cette grande question a agité les pensées des écrivains les plus profonds. Il paroît que dans l'antiquité les philosophes avoient une idée plus simple que les modernes sur ce point; mais comme les définitions que les anciens philosophes nous ont transmises, n'ont pas été très-claires ni très rigoureuses, il en est résulté qu'ils ont laissé un vaste champ ouvert à tous les esprits qui, depuis eux, se sont exercés à ces savantes disputes. Une foule de métaphysiciens modernes ont écrit sur la beauté; tous se sont attachés à désigner les erreurs de leurs devanciers, mais aucun de ces auteurs

n'a apporté une lumière durable, et ceux dont
on a préféré l'opinion ont entraîné par fois leurs
sectateurs dans les routes les plus fausses. De
tous les écrivains qui se sont occupés à rapprocher les divers systèmes sur le beau, Barthez (1)
est celui qui est le plus propre à nous faire par-
courir rapidement les idées variées de presque
tous ceux qui avoient tâché de traiter cette matière; mais cet homme si riche en observations et
en critique, ne nous abandonne pas moins que
les autres à notre affligeante incertitude (2). Aujourd'hui donc, la prétention de fixer les esprits
sur cette question doit passer pour une vaine
témérité, et il n'appartient à personne de dire
hautement : *J'ai trouvé le secret.* Néanmoins, s'il
étoit vrai que l'obscurité ne vînt que du trop
grand nombre d'idées et de leur complication,
s'il étoit vrai que la science marchât avec plus
d'embarras que le simple bon sens, et que celui-
ci, exempt du soin qu'exige tout le bagage de
l'érudition et de la métaphysique, pût arriver
quelquefois le premier au but, il seroit permis
dans ce cas à tout penseur naïf d'émettre son sentiment, et on auroit tort de l'écouter avec pré-

(1) *Théorie du Beau dans la Nature et les Arts*, 1 vol.
in-8°., Paris, 1807, chez L. Colin.

(2) Il vient de paroître un ouvrage de M. Cicognara sur le
Beau. Cet ouvrage, imprimé à Venise, n'est point encore
connu à Paris.

vention. Il me semble aussi que de tous les hommes qui peuvent être propres à raisonner sur le beau, l'artiste ne doit pas être appelé le dernier; car celui qui a souvent cherché à imiter les beautés de la nature, doit avoir tâché aussi pour mieux les imiter d'en découvrir les causes. Je vais donc produire naïvement et succinctement mon opinion. Ayant fait depuis long-temps des efforts constans pour retrouver les lois optiques du beau, je me propose de publier dans quelque temps une théorie particulière sur cette intéressante question. Cependant aujourd'hui je me vois forcé, par la nature du sujet que je traite ici, à mettre au jour le principe essentiel qui fait la base de mon système, et je lui enlèverai, par cet emprunt, une partie de sa nouveauté; mais le desir d'être utile, en ne laissant point incomplète la théorie du geste pittoresque, doit l'emporter sur les soins de la vanité. Je prie seulement le lecteur de ne pas exiger ici un développement qui seroit hors de saison, et de réserver sa critique pour le temps où j'exposerai en entier ma doctrine sur ce point.

Principes du Beau optique, pour servir à l'analyse de la Beauté dans le Geste pittoresque.

LE mot beauté est un terme qui comporte deux significations très-distinctes ; l'une littérale ou propre, l'autre métaphorique ou figurée ; ensorte que si l'on dit, par exemple, cette fleur a de la beauté, c'est proprement parlant ; si l'on dit cette idée, cette action a de la beauté, c'est métaphoriquement parlant. Cependant l'obscurité du langage a fait confondre ensemble et a fait employer sans distinction les deux sens propres et figurés de cette expression, et l'on a dit cette production d'art a de la beauté, cette *construction* a de la beauté, sans désigner, comme on auroit dû le faire pour s'entendre, ou l'une ou l'autre des deux acceptions, et sans prévenir que par le terme générique *beauté*, l'on comprenoit les deux acceptions réunies. Ainsi, comme le mot beauté a été de tout temps usité pour désigner ce qui nous plaît en général, on est encore à savoir, quand on le trouve employé, si l'on doit l'appliquer à ce qui nous plaît seulement par nos sens, ou à ce qui nous plaît par notre intelligence ou bien à ce qui nous plaît par l'un et par l'autre à la fois. Cette distinction étoit pourtant fort importante, puisqu'on n'avoit à sa disposition qu'un seul mot pour signifier deux choses très-différentes. Qu'en est-il résulté ? un nombre infini d'équivoques et de mal entendus beaucoup plus fâcheux qu'on ne pense pour le maintien du bon goût et pour l'étude de la théorie.

Toutes les fois que j'ai trouvé dans les auteurs cette distinction entre le beau pour les sens et le beau pour l'intelligence, j'ai été frappé de la lumière qui en rejaillissoit sur la longue carrière de l'analyse, et j'ai vu que par ce moyen on s'entendoit et qu'on se faisoit entendre (1). Si des rigueurs grammaticales s'opposent à cette distinction dans les significations de nos diverses langues, nous en serons quittes pour supposer un instant que nous raisonnons en employant un langage dont on n'a pas encore bien arrêté le dictionnaire, *et* nos pensées qui n'en suivront pas moins leur cours n'en seront que plus claires.

Je pose donc en principe que le beau général se compose du beau sensible (que j'appelle beau optique quand il s'agit de la peinture, de la sculpture, etc., etc.) et du beau réfléchi qu'on peut appeler bon ou convenance. J'admets aussi qu'on doive se servir du terme générique *beau* quand on veut désigner ces qualités réunies ; mais je n'admets pas qu'on puisse en théorie se servir du mot *beau* sans le spécifier par un adjectif ou par tout autre moyen, quand on a l'intention de ne désigner que l'une des deux accep-

---

(1) Voyez le père André, Dugald-Stwaard, etc., etc.

tions. Ainsi quand il s'agira de démontrer si une
chose est belle, généralement parlant, il faudra
démontrer qu'elle est belle par la beauté sensible,
et belle par la beauté spirituelle ou réfléchie ; car
vouloir prouver que cette chose est belle lorsqu'elle pèche contre l'une des deux beautés ou
qualités, c'est vouloir l'impossible et c'est donner
matière à une confusion interminable. Celui donc
qui pourra démontrer en quoi consiste la beauté
sensible et la beauté réfléchie, aura démontré
en quoi consiste ce qu'on appelle le beau en général. Or, comme cet écrit n'est point un ouvrage de métaphysique ou de philosophie qui
me force à parler essentiellement de la beauté
réfléchie ou du beau pour l'intelligence, je me
contenterai d'expliquer en quoi consiste, non
pas le beau pour tous les sens en général, mais
le beau optique ou pour le sens de la vue en particulier. Le même principe que je vais mettre en
avant me servira néanmoins à expliquer le beau
réfléchi ou la convenance lorsqu'il faudra traiter
de cette qualité, et ce seroit même par ce principe
unique que j'expliquerois le beau acoustique,
le beau pour l'odorat, pour le goût et pour le
toucher, si j'avois à parler sur ces matières.

D'après ce que je viens de dire au sujet du beau
général, composé de deux espèces essentielles
de beau ; l'on comprend de suite qu'il n'a pas
besoin pour exister, d'avoir à tel ou tel degré,
une intensité ou une perfection déterminée, mais

qu'il peut exister quoique plus ou moins impar-
fait. Il résulte aussi de ces aperçus, que le beau
peut se rencontrer à ce degré moyen, sans que
toutes les parties qui le constituent soient toutes
également belles, et pourvu seulement qu'aucune
d'elle n'offre pas aux yeux la laideur ; et cela a
lieu par l'effet des compensations, c'est-à-dire,
lorsqu'une ou quelques-unes des parties ont été
seules portées à un haut degré de beauté.

La diversité des opinions ne paroît plus, au
moyen de cette analyse, être une chose si étrange,
puisque ordinairement on ne s'entend pas d'a-
bord sur l'espèce de beau, et qu'on s'entend encore
moins sur l'espèce ou le degré de beau des parties
qui le constituent dans un tout (1). On voit aussi
que le même principe peut expliquer ce qui

(1) C'est pour cette raison qu'on n'est presque jamais d'accord sur la beauté respective de deux tableaux ou de deux
statues, et que pour s'entendre, il faudroit d'abord diviser
les parties ou les qualités, puis convenir de leur degré d'importance relative dans l'art, puis déterminer le degré de
beauté de ces parties, et malgré tous les avantages de cette ri-
goureuse analyse, les préférences des sens ou de l'esprit vien-
droient toujours peser diversement dans cette balance. Il n'en
est pas de même lorsqu'il ne s'agit que de la laideur optique.
Elle est reconnue et repoussée par tous. Aussi la théorie ap-
prend-elle certainement à éviter les fautes ou les laideurs,
et ce grand avantage doit la faire singulièrement apprécier
lorsqu'il s'agit des beaux arts qui contribuent à l'honneur des
nations, honneur que les écarts grossiers de l'ignorance ne
devroient jamais flétrir.

cause la laideur et ce qui cause la beauté parfaite. Je conclus de ces premières observations, qu'on appelle beau ce qui plaît aux sens et à l'intelligence ; qu'en fait de beauté sensible il s'agit principalement du sens de la vue, qu'il y a divers degrés de beau, et que l'absence du beau, dans une des parties constituantes d'un tout, peut être compensée par la grande beauté de quelques autres parties de ce tout. Enfin, j'en conclus que le beau n'est point un mystère inexplicable, mais bien le résultat de plusieurs qualités dont les caractères sont faciles à définir.

Commençons d'abord, pour expliquer le beau optique, par reconnoître les moyens de nos sens dans l'acte de percevoir la beauté sensible.

Tous les organes, et par conséquent l'organe de la vue dont il s'agit ici, ont une faculté qui est un besoin ou un moyen de notre ame. C'est la faculté de percevoir. En percevant, les sens sont exercés. Ils peuvent l'être agréablement ou désagréablement. Souvent notre esprit commande aux sens, et les force à percevoir certains objets dont la nature, l'ordre et les rapports exigent de ces sens des efforts difficiles : ces sens ou ces organes sont alors exercés désagréablement, et ils sont violentés d'une manière quelconque. Souvent, au contraire, l'esprit les dirige vers des objets faciles à percevoir, et alors ils sont exercés agréablement. Voilà la source du beau et du laid optique.

Il s'agit maintenant de savoir quel doit être l'ordre et quelles doivent être les combinaisons par lesquelles l'organe de la vue peut être exercé de l'une ou de l'autre manière, c'est-à-dire, agréablement ou désagréablement. Il faut, pour le découvrir, remonter d'abord au principe et aux lois de l'apparence.

Les corps visibles apparoissent à notre organe par des lignes, par des masses de clair et d'obscur et par des masses colorées. Toutes les fois que, dans un tout, la nature, l'ordre et les combinaisons de ces parties constituantes seront propres à exercer agréablement le sens de la vue, il y aura beauté optique ; mais comme il ne s'agit ici que de la beauté du geste, et que le geste se manifeste et s'imite sur-tout par les lignes, je n'appliquerai mon principe qu'à cette seule partie de l'apparence, qui a lieu par les lignes. Quand on dit les lignes, lorsqu'il s'agit d'expliquer leur caractère de beauté ou de laideur, on comprend encore bien des distinctions. En effet, les lignes sont, ou externes, et déterminant la circonscription des corps et des formes ; ou internes, c'est-à-dire, divisant les milieux des parties. Les lignes ont, en outre, leur direction, leur grandeur et leurs distances réciproques, et il faut démontrer que le principe un et général s'applique à ces divers caractères des lignes.

S'il s'agissoit de faire comprendre ici au lecteur la théorie générale du beau, je dirois qu'il

en est de même, par exemple, pour les masses
de clair et d'obscur, qui ont leur direction,
leur volume, leur intensité et leur distance respective, et que le principe qui constitue le beau
s'applique à tous les caractères ou propriétés des
masses de clair et d'obscur : qu'il en est de même
pour le coloris, enfin qu'il en est de même pour
le beau réfléchi, ou la convenance qui est aussi
un composé de plusieurs parties essentielles,
qui toutes ont la même règle de beauté.

Avant de passer à l'étude de ces différens caractères des lignes, il faut remarquer qu'un tout,
qui renferme ces lignes, est quelquefois composé
de peu de parties et quelquefois d'un grand nombre. Ainsi un tableau, par exemple, renferme
peu ou beaucoup de figures : l'ordre général des
lignes est donc celui qui résulte des rapports de
toutes ces lignes qui composent le tout.

Une observation est nécessaire ici. Les lignes
qu'offre aux yeux la figure humaine, dans les
représentations de la peinture et de la sculpture,
étant mieux retenues et mieux senties que les lignes qui sont offertes par des objets moins importans, il arrive que l'esprit isole non seulement
les figures rapprochées et groupées entre elles,
et disposées avec une certaine liaison, mais que
l'œil les isole aussi des objets inanimés qui les
accompagnent, et il faut tacher que ces figures
paroissent les plus belles possibles étant considérées dans cet isolement. Ainsi cette liaison, qui

doit les faire appartenir à d'autres figures ou
à d'autres objets, doit être le moins possible au
détriment de la beauté de chacune de ces figures séparément. C'est par cette raison que les
Grecs les ont si souvent réellement séparées, et
qu'ils n'en rassembloient qu'un très-petit nombre
dans leurs tableaux. Cependant un groupe, intimement serré et étroitement composé, ne comprend pas cette exception, parce que l'on auroit
trop de peine à séparer des autres objets la figure ;
on peut remarquer en passant que le nu, en
peinture, frappant bien plus sensiblement la
rétine que dans la sculpture, les lignes qui le
composent sont aussi considérées plus isolément,
et doivent être belles, autant que faire se peut,
sans le moyen de leur rapport avec les lignes
des draperies et des autres objets moins appa-
rens ; mais cette considération, quoiqu'importante, nous entraîneroit trop loin.

Je passe au principe du beau dans les combinaisons optiques.

Le grand principe des Grecs, par lequel ils
embellissoient la disposition d'un tout et de ses
parties, étoit le principe de l'*unité*. Cette loi,
devenue sacrée par l'organe des philosophes qui
en avoient enrichi l'art, et par les exemples des
grands maîtres qui en avoient fait de si merveil-
leuses applications à la métaphysique et à l'art
graphique, cette loi, dis-je, étoit expliquée et
rendue aussi intelligible que familière, dans les

écoles ; en sorte que , depuis *Platon* jusqu'à *Saint-Augustin* , elle a été constamment le flambeau des arts , comme celui de la philosophie.

On lit partout que l'ordre , la symétrie , les proportions sont agréables , par la facilité qu'elles donnent à l'organe de saisir , et à l'esprit, de retenir les différentes parties du corps. Cet effet est celui de l'*unité*.

Qui est-ce qui fait préférer le simple? c'est le besoin de l'*unité*.

Plusieurs écrivains ont avancé que la plus grande variété produisoit la plus grande beauté , et *Mengs*, en répétant cette maxime, a propagé la doctrine la plus funeste qu'on puisse appliquer aux arts modernes qui péchent presque toujours contre l'unité , en admettant trop de variété.

Il est si vrai que ce n'est point la grande variété qui constitue la beauté , que l'architecture grecque, qui est la plus belle , (au moins n'a-t-on jamais osé le disputer ,) est aussi la plus simple ; c'est-à-dire, celle qui est composée d'un moindre nombre de variétés. Les plus belles têtes sont aussi celles dont les traits sont les moins variés et par conséquent les plus simples. (Car ce qui est simple, par cela même qu'il n'est pas composé , n'est pas compliqué), et les têtes des *Niobés* sont aujourd'hui ce que nous avons de plus beau en ce genre. Ce qui déplait dans ces têtes à certaines personnes d'un goût mesquin et dégradé, ce n'est pas l'ordre optique

des parties ; c'est l'expression des physionomies ;
c'est le beau pour l'esprit qui vient chez eux neutraliser le beau pour les yeux, et ces mêmes personnes ne trouvent point ces têtes belles, parce
que l'idée qu'elles ont de la grace et du charme
animé, est fausse, et qu'elle consiste dans des
coins de bouche pincés, dans des sourcils agités
et dans une physionomie épanouie et vagabonde.
De même qu'elles n'aiment pas l'architecture simple, non, parce qu'elle déplaît à leur organe,
mais parce qu'elles choque leur esprit, qui entend
par beauté et richesse, variété extrême, fracas
et bigarrure.

Je ne crois pas à propos de démontrer ici, que
ce que les écrivains appellent de la variété, n'est
le plus souvent que de la monotonie ; qu'ils n'ont
jamais défini ce que c'étoit que la variété dans les
arts optiques, et que là où ils voudroient qu'on
introduisît cette prétendue variété, on n'intro-
duiroit que des répétitions fastidieuses dans les
lignes, dans les masses, dans les quantités et dans
tous les caractères, ce qui détruiroit l'unité.

Ce n'est point la plus grande variété qui constitue la beauté ; car c'est la convenance qui exige
et qui prescrit le dégré de variété (1). Ainsi, la
draperie, par exemple, du prétendu Phocion (2),

(1) Parmi les auteurs qui semblent au contraire ne reconnoitre de beauté que là où il y a beaucoup de variété, on peut
citer sur-tout Hutcheson, Sulzer, Lessing, Crouzas, etc.

(2) Au Musée Napoléon, sous le n°. 75.

est aussi belle, malgré sa grande simplicité, que
la draperie la plus variée, et cela parce qu'elle
est assez belle pour l'œil et qu'elle convient
beaucoup à l'esprit. Les lignes du style sévère et
très-simple, seront peu variées, et leur grande
beauté sera due à la beauté de la convenance.
C'est pour cela que la grande Melpomène du
musée Napoléon (1) est suffisamment belle par ses
lignes simples, et qu'elle est cependant très-belle
par son style en général. Ceci explique assez bien,
ce me semble, pourquoi l'on discute si longue-
ment sans s'entendre sur la beauté. Une chose
tant soit peu belle pour l'œil, et qui est en
même-temps très-convenable est suffisamment
belle de la beauté générale, et la statue de Jupiter
décorée de toutes les plus belles combinaisons optiques, pourroit n'être point assez belle par son
manque de beauté réfléchie ou de convenance.
Voilà pourquoi toutes les images des rois et
des princesses ne sont souvent pas appelées
belles, malgré tous les efforts de l'art pour
les rendre telles, lorsque le manque de simplicité et de convenance détruit réellement leur
beauté.

Ce ne sont donc pas les objets les plus variés dans
la nature ou dans l'art, qui sont les plus beaux,
mais ceux qui sont variés dans un certain ordre,
et cet ordre c'est l'unité. Tous les objets sont va-

(1) N°. 23.

riés optiquement ; les uns le sont plus , les autres moins. Une simple boule est variée par ses effets de lumière , par ses couleurs , et si l'esprit y trouve la beauté réfléchie ou la convenance ; si la rondeur parfaite, le poli , l'égalité de sa teinte , l'éclat , la pureté , que sais-je , si ces qualités , dis-je , sont jointes à la beauté optique , cette boule sera belle , et très-belle , dans son espèce : dire qu'elle seroit plus belle encore si elle étoit décorée de plusieurs couleurs, et de couleurs fort variées, et le tout disposé dans l'ordre le plus diversifié , ce seroit avancer une grande erreur. L'esprit pourroit seulement desirer qu'elle offrît une couleur déterminée telle que le rouge , le bleu, etc. , ou toute autre ; mais il est facile de voir qu'il s'agit alors du beau réfléchi. S'il est donc vrai qu'une boule offre réellement plus de variété qu'on ne l'avoit d'abord imaginé , il est facile d'apercevoir que tous les autres objets moins réguliers sont bien plus variés encore : la perspective, ainsi que leurs diverses formes, leurs diverses lignes et leurs diverses teintes les varient.

Dans un ouvrage d'art , il y a toujours assez de variété pour produire le beau optique , lorsque l'unité est conservée ; et c'est notre esprit qui prescrit et qui exige le nombre des variétés qu'il convient d'y introduire : ainsi quand on dit, *ce tableau est trop simple* , cela ne signifie pas qu'il ne récrée pas assez la vue par le nombre, (puisqu'il est vrai que la diversité n'est point une chose nouvelle pour nos yeux, et que tons les jours la nature s'offre à nous avec une variété infinie :) mais quand un tableau est trop simple, c'est qu'il ne convenoit pas qu'il fût aussi simple, et cela se rapporte au besoin de notre intelligence et non à celui de nos yeux. En effet, on peut dire, par exemple, que des draperies de toutes couleurs ne sont pas des beautés nouvelles ; mais un certain nombre de draperies colorées, et un certain ordre (1) dans la *colorisation* de ces draperies, voilà la beauté. Donc ce n'est pas la variété qui constitue le beau.

J'ai dit que l'unité étoit la source de la beauté. En effet, l'unité n'est-elle pas le meilleur ordre dans les rapports? C'est ce que je vais tâcher d'expliquer. Il est vrai que physiquement parlant, un tout est toujours *un*, lorsqu'il renferme toutes ses parties constituantes ; comme un arbre est *un*, avec toutes ses branches, comme une église est *une* avec ses tours et ses clochers, ou une main avec tous ses doigts ; mais dans le langage optique qui est celui de plusieurs arts, un tout, même avec toutes ses parties constituantes, peut n'être pas *un* ; car pour qu'il soit *un*, optiquement parlant, il faut que l'organe qui le perçoit puisse réunir diverses perceptions en une seule. Partant de ce principe, nous concevrons d'abord, com-

(1) Cet ordre est l'unité qu'on a appelée *Harmonie*, comme je l'expliquerai lorsque je traiterai du coloris.

ment la partie d'un tout qui produiroit sur l'organe de la vue une sensation , d'une espèce trop
différente des sensations produites par les autres
parties de ce tout, sortiroit de l'unité principale, et
pourroit elle-même devenir une seconde unité vicieuse, puisque sa trop grande différence forceroit
l'œil à ne l'apercevoir qu'à part et après coup, il
en résulteroit donc deux unités. Pour rendre plus
sensible cette théorie de la perception , qui force à
reconnoître l'unité comme loi fondamentale du
beau , je vais passer à quelques démonstrations
fournies par des exemples très-familiers (1).

Le dôme des Invalides de Paris est surmonté
d'un accessoire assez considérable , qui compose
une seconde unité ou qui tend à la composer.
Il est évident que cet accessoire tend à corrompre
l'unité de la masse générale. S'il est vrai que cette
unité dont il introduit ambitieusement le principe dans le tout, soit d'une espèce très-différente
de l'unité essentielle et dominante, il l'altérera en
raison de cette différence : or l'unité de ce dôme
est ronde, circulaire, elliptique, comme on vou-
dra l'appeler , et le caractère de cet accessoire ambitieux est aigu , pointu, effilé et s'évanouissant
dans l'exigu ; il est certain que l'œil ne peut
percevoir une sensation aussi différente de celle
que produit l'unité principale , en même temps

_____

(1) Sur la facilité de percevoir , consultez le VII⁰. chapitre
de la *Poëtique d'Aristote* , et les Notes lumineuses de Dacier.

qu'il perçoit cette unité ou ce tout. Ainsi cet accessoire non seulement corrompt, mais détruit l'unité, et l'œil le rejette comme un corps hétérogène; ce qui m'a engagé à faire choix de cette comparaison, c'est que cet édifice, que l'on entreprit de redorer en 1812, lorsqu'il eut reçu les échafauds nécessaires à cette opération, offrit pendant quelque temps cette lanterne aiguë environnée de charpentes dont l'effet restituoit à la masse un aspect arrondi cilindriquement, et rien n'étoit plus sensible que cette amélioration optique, quoiqu'elle ne restituât pas néanmoins la beauté et qu'elle ne fît que diminuer la laideur. Cet effet me détermina à en saisir l'application.

La coupole du Panthéon de Rome est très-surbaissée, et il paroît que les Anciens n'ont jamais pensé à élever des coupoles verticales et très-bombées semblables à celles des modernes. En voici la raison. L'unité dans les lignes ou plutôt dans la direction des lignes, comme je vais le démontrer tout à l'heure, étant de rigueur pour produire la beauté optique, un édifice doit offrir ou une ligne verticale déterminée, ou une ligne horizontale déterminée, ces deux lignes étant d'ailleurs les seules qui puissent promettre la solidité(1). Lors donc qu'un édifice tel, par exemple,

_____

(1) La tour penchée de Pise, quoique très-solide réellement, n'en est pas moins désagréable à la vue, tant par la

12*

que la basilique de Saint-Pierre de Rome, offre
une ligne horisontale déterminée, c'est corrompre
l'unité de cette ligne que d'y annexer, d'y introduire une seconde unité d'un caractère fort opposé et tel que celui qui est produit par une
masse verticale. Or l'aspect principal du Panthéon de Rome offrant par son péristyle une ligne
horizontale, il eût été absurde d'élever au-dessus
une masse ou une coupole verticale et exhaussée :
c'étoit déjà beaucoup trop corrompre l'unité que
de réunir ce pérystile à un temple circulaire :
aussi cette jonction a-t-elle été faite après coup,
et voit-on qu'elle est une rapsodie vicieuse, malgré
la beauté étonnante de ce péristyle, qui seul a véritablement quelque chose d'imposant, de sublime
et de divin ; ainsi malgré la belle unité de la partie intérieure du temple qui offre une noble simplicité, il n'en est pas moins vrai que le tout
offre deux unités qui se détruisent. Il paroît en
effet que l'ancien fronton qu'on aperçoit derrière
le nouveau péristyle et qui formoit l'entrée primitive du temple, n'ôtoit presque rien à l'unité circulaire de ce temple, qu'il y étoit presque accolé
et offroit peu de saillie ; mais la pompe romaine
dictoit par-tout ses lois et la magnifience triom-
pha plus d'une fois de la simplicité.

Il faut, au sujet des coupoles, remarquer que

direction incertaine de sa ligne que par l'inquiétude qu'elle
laisse sur sa solidité, à cause de son faux à-plomb.

la forme ovale de celle des Invalides de Paris
et autres, n'offrent aucune unité bien déterminée. La ligne verticale perd son caractère par
l'arrondissement, et la ligne circulaire perd le
sien par l'exhaussement. Il n'y a pas unité de
caractère dans les lignes ou dans la forme ; mais
la coupole du Panthéon de Rome, ainsi que
toutes les autres qu'on voit sur les monumens
anciens et sur les médailles, ont leur unité déterminée.

Il résulte de ces premières observations relatives à l'acte de percevoir, que pour qu'il y ait
beauté optique, l'objet doit être aperçu facilement dans ses rapports, et que pour qu'il y ait
facilité et plaisir dans cette perception des rapports, il faut qu'ils soient tous réduits à la loi de
l'unité. Si l'on m'objectoit donc que cette sévérité forceroit à condamner les petits frontons
qui sont aux faces de la cour du Louvre, et que
certaines personnes considèrent peut être comme
des ornemens qui exercent agréablement l'œil,
ou comme des convenances qui distinguent les milieux ou les points correspondans des ouvertures
de ces faces, je répondrois, que ces frontons, tout
petits qu'ils sont, apportent, dans l'unité principale, d'autres unités qui ont un caractère fort
différent et qui tendent à corrompre cette unité
principale, en ce qu'ils offrent des masses an-
gulaires, saillantes sur le ciel qui leur sert de
fond, lesquelles masses affoiblissent le caractère

principal de l'unité du tout, qui est déterminé
par de grandes lignes horizontales, et que ces
lignes ne paroissent plus grandes, étant ainsi
interrompues et divisées par des petites pointes
d'un caractère tout particulier. L'œil rejette ces
unités discordantes et ne peut les saisir en même
temps qu'il saisit l'unité collective ; ainsi, sans
avoir recours aux preuves tirées de la nécessité
de conserver la grandeur, le silence, la majesté
des lignes, en un mot, aux preuves tirées de la
loi du beau réfléchi, ou de la convenance, je dé-
montre, par mon seul principe optique, qu'il y a
lieu à affoiblissement et corruption de la beauté.
Que dirai-je s'il s'agit de la troisième face de ce palais, face toute différente des trois autres, et qui,
par son caractère disparate, gâte toute la beauté
de cet édifice, dont la simplicité auroit sans cette
étrange variété un admirable caractère ?

Je ne rechercherai pas dans la peinture et dans
la sculpture beaucoup d'exemples analogues qui
pourroient servir ici à prouver que le beau optique consiste dans l'unité ; car il faudroit, pour
que je fusse aisément compris par le lecteur,
qu'il eût compris aussi ce que je vais dire ci-après
sur les lignes et sur leur beauté. Je me contenterai donc de citer le fameux tableau de la Transfiguration qui non seulement pèche contre l'u-
nité intellectuelle, c'est-à-dire contre l'unité
d'action, mais qui pèche aussi contre l'unité de
disposition : et en effet, l'œil du spectateur ne

peut percevoir en même temps et avec facilité le tableau d'en bas, et le tableau supérieur réunis dans cette peinture.

On peut dire aussi que la célèbre fresque du même maître, qui représente la dispute du Saint-Sacrement, offre un vice analogue en ce qu'elle renferme deux unités. J'ajouterai en passant que c'est cette même loi qui veut que dans les paysages avec figures, ce soient ou les figures ou le paysage qui deviennent accessoires, ce qui restreint et diminue la dimension relative ou de l'un ou de l'autre, etc. Cette règle est violée très-souvent.

Quant aux statues, je citerois un grand nombre de restaurations vicieuses par lesquelles on a introduit des variétés qui le disputent à l'unité principale : telle est, entre autres, celle de la Pallas de Velletri, dont le bras droit offre une ligne toute différente de la ligne une et verticale de la figure. Je citerois le Saint-Paul que l'on voit sur les marches de Saint-Pierre de Rome, et dont le bras droit armé d'une épée offre le même défaut d'unité ; je citerois plusieurs statues restaurées d'Empereurs, au Musée Napoléon, etc., etc.

En voilà assez sur le principe fondamental de la beauté optique et sur la perception, pour disposer le lecteur à comprendre ce qui me reste à dire sur la beauté appliquée au geste ; mais il convient ici de placer une réflexion.

Ne peut-on pas avancer qu'une des grandes causes qui ont entretenu la confusion des idées sur le

beau, provient de ce que nous avons toujours considéré les plus beaux objets de la nature, comme
étant des archétypes qui offroient constamment
la beauté parfaite, dans tel ordre optique que
ces objets aient été offerts à nos yeux, et avec
telle disposition que se soient présentés à la vue
le tout et les parties de ces objets. Par exemple :
on a répété que l'homme étoit le plus bel objet
de l'univers, et non-seulement on n'a pas d'a-
bord remarqué que sa beauté excellente appar-
tenoit au moins autant à la beauté réfléchie, qu'à
la beauté visible ; mais ce qui a propagé l'erreur, c'est qu'on en a presque conclu, à tort,
que l'homme étoit le plus bel objet optique, dans
tel ordre que pussent s'offrir à nos yeux ses parties constituantes ; en sorte qu'on a appelé, *belle
nature*, ce qui n'étoit souvent que la nature en-
laidie par des dispositions vicieuses, et qu'on
a cru être exempt, lorsqu'on vouloit représenter
la beauté, d'avoir recours aux combinaisons optiques, qui pouvoient embellir le plus cet objet
qu'on appeloit très-vaguement, beau par excellence. L'homme, a-t-on dit, est le plus bel objet de
la nature ; les couleurs fleuries des prés et des
parterres sont les plus beaux modèles de coloris, etc., etc. ; oui, si l'homme s'offre à nos
yeux suivant l'ordre de ses parties le plus propre
à la beauté optique ; oui, si les couleurs des
prés sont disposées selon les meilleures combinaisons de la chromatique. Quand nous ne vou-

lons désigner que la beauté optique, nous pouvons
avancer que, dans certaines attitudes, l'homme
est beaucoup moins beau que certains animaux.
En effet, l'homme qui se tiendroit ou qui marche-
roit à quatre pattes, seroit moins beau que le cheval ou que le quadrupède le plus commun. Mais
est-il donc bien vrai que l'homme offre aux
yeux un aspect aussi enchanteur qu'on le répète,
lorsque le sentiment du beau ne le détermine
pas lui-même à prendre certaines attitudes belles
et gracieuses? La seule proportion des jambes,
des bras, des doigts, offre-t-elle donc à l'œil un
spectacle aussi séduisant qu'on le croit, et n'est-
ce pas par l'effet de l'association des idées comme
l'a remarqué très-bien M. Dugald Stward, en parlant des objets en général, que nous éprouvons
l'effet de la beauté? Je dis plus, une main dont
les doigts sont étendus et écartés est laide. Des
jambes, des pieds dans une certaine disposition
sont laids. Il semble que Dieu ait dit à l'homme:
« j'ai construit ton corps suivant des lois méca-
niques parfaites ; tes parties sont organisées de
manière à ce qu'elles puissent agir et opérer suivant tous tes besoins ; en concertant le beau avec
le bon mécanique, ce dernier a été l'objet de mon
soin principal, mais je t'ai donné les arts qui pourront fixer les choix propres à la beauté. Avec
les arts tu parviendras à surprendre et à imiter
les formes corporelles dans les attitudes les plus
belles et les mieux choisies : par les arts tu dé-

termineras les types de la beauté naturelle et tu t'éleveras à des combinaisons optiques plus agréables aux yeux que les combinaisons ordinaires de la nature. Le spectacle des arts ne sera pas vivant, mais il t'offrira des effets et des calculs dont la beauté surpassera tout ce qu'on rencontre dans la nature vivante elle-même. »

Comment faisoient les Grecs pour donner l'image de la plus belle main ? se contentoient-ils d'imiter la santé, la jeunesse, la vérité des formes, des parties ? non ; ils savoient que la main n'étoit point le plus bel objet du corps ; qu'il falloit faire rentrer cette partie, discordante par ses petites parties isolées, dans l'unité ou dans l'harmonie, au moyen de certains calculs dans les dispositions optiques, et sur tout qu'il falloit pour cet effet la réduire à la plus grande simplicité. Comparez les belles mains grecques avec des mains du Bernin ou de Boucher, et vous comprendrez ce que je veux dire ici. Comparez la main en action de nos élégantes recherchées et apprêtées avec une main antique, et vous sentirez l'effet de l'unité, et l'effet de la variété laide et discordante.

J'ai dit que le geste ou la pantomime pittoresque se manifestoit par les lignes : mais les lignes ont leurs caractères particuliers qu'il est essentiel de bien reconnoître. Les caractères des lignes sont *leur direction, leur grandeur* et *leurs distances respectives.* Pour que le geste soit beau, il faut donc qu'il y ait unité dans la direction des lignes, unité dans leur grandeur, et unité dans leurs écartemens ou leurs distances respectives.

De l'Unité dans la direction des Lignes.

LA ligne d'un tout optique, ne concourra à la beauté de ce tout, que lorsqu'elle aura une direction une et déterminée. Si sa direction est double ou équivoque, il y aura laideur. Il est évident que de toutes les combinaisons, celle qui est la plus éloignée de ce principe, est celle qui se voit dans les lignes disparates d'une croix parfaite et régulière, et s'il est vrai que la grace soit le mouvement de la beauté, on peut dire que les aîles d'un moulin agité lentement par le vent, offrent la laideur par excellence. Dès qu'on exigea, pour la construction des églises, la forme de la croix latine, il n'y eut plus lieu à la beauté des temples. La croix grecque qui avoit la forme d'un T, à cause de la forme de la croix sur laquelle fut attaché notre Seigneur, étoit un peu plus rapprochée de la beauté. Néanmoins toutes les figures de Christ dont les bras sont étendus très-horizontalement, sont absolument contraires à la beauté, par la disposition vicieuse des lignes. Quoique j'admire l'Apollon du Belvédère, je confesse que la ligne presqu'horizontale du bras gauche, ne me paroît pas heureuse malgré la convenance de l'action, et malgré cet effet, tempéré par la Clamyde (1). Ce principe m'a fait dire, au sujet du Panthéon, que dans un édifice dont la ligne principale étoit horizontale, l'introduction d'une ligne verticale détruisoit toute la beauté en anéantissant l'unité, et c'est ce qui m'a fait blâmer tous les dômes élevés et placés sur de pareils édifices. La cause de cette laideur s'explique par l'impossibilité de percevoir, en même-temps, et de rapprocher des rapports si différens. Dans les grandes villes on n'aperçoit de loin que la partie supérieure de ces édifices, et ils paroissent beaucoup plus beaux, parce que l'œil ne perçoit pas le contraste déplaisant de la partie inférieure dont la ligne est discordante par sa direction horizontale, et parce qu'il ne perçoit pas à de grandes distances, à cause de l'effet des vapeurs interposées, ces accessoires ridicules dont le mauvais goût les a surmontés.

D'après la même loi, deux lignes principales, qui seroient tout-à-fait semblables dans leur direction, ne pourroient offrir la beauté, puisqu'il y auroit duplicité au lieu d'unité, et puisque la sensation seroit partagée. Ainsi, deux figures, deux jambes, deux grands plis de draperies offrant la même direction de lignes ne sauroient plaire à l'œil, et ces lignes parallèles déplairoient

(1) Aussi se place-t-on plus volontiers de côté pour contempler cette statue, afin de raccourcir l'aspect de ce bras.

même dans la représentation d'un cadavre, malgré la convenance et la vérité de cette disposition.

La ligne principale du groupe de Laocoon a une direction un peu indéterminée, et elle paroît être autant horizontale que verticale malgré l'élévation de la figure du père : néanmoins, si le bras droit étoit placé très-élevé en l'air, par la restauration, et qu'il offrît la prolongation continuée de la ligne diagonale de la cuisse gauche, cet effet seroit contraire à l'unité de direction de la ligne dominante, et il n'y auroit plus lieu à la beauté, puisque cette restauration apporteroit dans le tout une ligne dont l'unité de direction étant diagonale, formeroit une seconde unité qui seroit contraire à celle de la ligne principale du groupe.

Cette règle m'a toujours réussi pour reconnoître les restaurations des antiques (1), et c'est même par l'étude des restaurations que j'ai trouvé le principe que j'expose ici : en général, il est très-rare que les parties restaurées rentrent dans l'unité ou dans l'harmonie des lignes, et les sta-

---

(1) Sans avoir la témérité de dire ici que ce principe pourroit servir à fixer les incertitudes des antiquaires sur les restaurations ou sur les artifices des faussaires, je puis assurer que si l'on veut se donner la peine d'en faire l'application à un certain nombre d'ouvrages antiques restaurés, on trouvera peu à peu, choquantes et discordantes des parties nouvelles qu'on toléroit avec indulgence, parce qu'on les regardoit comme des nécessités de l'art.

tuaires paroissent avoir ignoré ce principe antique, contre lequel les plus médiocres sculpteurs de l'ancienne Rome n'ont jamais péché,
dans tels lieux et à telles époques qu'ils aient
exercé leur art.

Dans les figures seules ramassées et groupées,
l'unité des lignes est concentrique, et si une
ligne offre une direction excentrique, c'est-à-
dire, très-différente des autres, et par conséquent difficile à percevoir à cause de sa direction
fugace, il n'y a point lieu à la beauté optique ;
autre exemple qu'on peut appliquer aux nymphes ou aux Vénus qu'on appelle accroupies.
Mais n'oubliez pas que je parle des figures seules
et isolées ; car dans des tableaux ou des bas-
reliefs, souvent une figure n'est plus un tout,
mais une partie qu'on ne sauroit désunir du tout,
et dans ce cas le principe s'applique à l'unité des
masses, et est relatif au clair-obscur, ou au
coloris. Je répète néanmoins que l'esprit les sépare et les isole volontiers, et qu'il faut que ces
figures soient belles autant que possible, abstraction faite de leur rapport avec les parties voisines
auxquelles elles sont liées.

Les deux groupes des Tuileries, représentant,
l'un, le Rhône et la Saône ; l'autre, le Rhin et la
Moselle, n'ont aucune ligne déterminée. Il y a
confusion et laideur. Voyez dans ce même jardin
les copies faites d'après l'antique, la ligne principale offre une unité déterminée, elle est dé-

brouillée et se voit de loin. Comparez les autres
sculptures de ce jardin, il y a équivoque, complication et désordre.

Souvent le beau pour l'esprit ou la convenance,
vient apporter des compensations ; et une disposition excentrique des membres, peut paroître
moins laide de la laideur générale, si l'action ex-
primée exige une force centrifuge très-dévelop-
pée (1), mais toujours les Grecs ont su concilier
l'un et l'autre besoin soit de l'œil soit de l'esprit.

On voit que cette matière peut devenir très-
étendue.

De l'Unité dans la grandeur des Lignes.

DEUX lignes étant également grandes dans un
tout, ne produisent pas l'unité, mais la duplicité, et il n'en résulte pas la beauté. Il faut observer, en passant, que cet effet est bien plus sensible en sculpture qu'en peinture : c'est-à-dire,
qu'il est plus remarquable dans les statues sur
lesquelles le coloris et le clair obscur ne peuvent

---

(1) Cette exception, que l'on seroit tenté d'appliquer à la
statue du gladiateur *Borghèse*, n'empêche pas qu'il ne doive
être considéré comme faisant partie d'un groupe, et comme
moitié d'une *unité*. Je joins cette conjecture tirée du principe
de la beauté à celle que M. *Visconti* a tirée de la science ar-
chéologique, lorsqu'il nous dit avec M. *Heyne* que cette
figure représente un guerrier combattant contre un adver-
saire à cheval.

pas établir des compensations. En effet, la ligne
droite d'une statue est grande jusqu'à son extré-
mité ; mais en peinture, une draperie obscure
paroît la diminuer de tout le volume de cette
obscurité. Ces considérations se lient à l'unité
dans le clair-obscur.

Le groupe d'Electre et Oreste, conservé à la
Villa Ludovisi, et copié aux Tuileries, est composé de deux lignes, dont l'une est moins grande
que l'autre ; mais cette différence n'est peut-être
pas néanmoins assez sensible pour déterminer
une beauté optique remarquable dans cette disposition.

Le groupe des Castors seroit presque désagréable par sa disposition, si l'un des personnages
n'étoit pas un peu sacrifié à l'autre, quant à la
longueur de la ligne ; tandis que les Bacchus ap-
puyés sur des Faunes, et accompagnés d'accessoires dont les lignes sont beaucoup plus petites,
offrent une bien plus belle disposition..... Mais
il nous faut rentrer dans les lignes du geste exclusivement ; car ce qui est relatif à la disposition en
général, est très-composé, et j'en dois traiter ailleurs séparément.

Les figures égyptiennes, toutes droites, n'offrent pas la beauté dans la grandeur des lignes ;
car les lignes des bras et des jambes y sont développées également, et l'on imagine aisément combien s'amélioreroit l'aspect de ces figures (je ne
parle que de l'aspect et non de l'action) si un des

bras étoit fléchi et rapproché du corps, ce qui diminueroit la longueur d'une de ses lignes, et si une des jambes, jetée en arrière, produisoit un raccourcissement par la perspective.

Quand des lignes subalternes dans le tout, forment des répétitions de grandeur et de direction, alors il y a des degrés de moins dans la beauté; mais la beauté générale peut cependant avoir lieu. Il n'en est pas ainsi, lorsque les variétés ou les différences, entre les lignes subalternes, sont très-grandes; car alors, il y a laideur : le but n'est donc pas de rechercher des variétés puisque la nature du sujet en comporte toujours un certain nombre, le but est de subordonner toutes les unités secondaires d'un tout, à l'unité principale (1).

Je n'étends pas plus loin ici ces aperçus. Toutes ces questions se trouveront développées dans la théorie du beau que je me propose de publier.

Je passe à l'unité dans les distances des lignes.

_____

(1) On voit encore par ce petit nombre d'exemples, que ce que l'on appelle variété n'est autre chose que le résultat de l'unité; ainsi donc l'on peut avancer que l'unité est la cause, et que la variété n'est que l'effet.

De l'unité dans les distances ou écartemens
des Lignes.

LE même sentiment qui exige qu'aucune ligne
du geste ne cause une perception difficile ou
pénible à la vue par sa trop grande variété, nous
fait reconnoître aussi que les distances respectives
entre ces lignes, doivent suivre une certaine symétrie harmonique, dont le principe est encore
l'unité : en effet, si toutes les parties du corps,
par exemple, mais sur - tout si les extrémités
étoient rapprochées du centre qui est le torse,
et si elles ne produisoient pas des angles très-sail-
lans qui les éloignassent de ce centre, si dans ce
cas, dis-je, un des membres offroit une ligne dont
l'éloignement fût très-différent de l'éloignement
des autres parties, il n'y auroit pas lieu à la
beauté, puisque cette variété discordante nous
forceroit à une perception particulière et difficile. C'est par cet équilibre et cette unité dans les
éloignemens respectifs des parties, qu'on apporte,
dans une figure, cet ordre et cette beauté optique, dont l'effet est si agréable lorsqu'il se rencontre sur des formes belles, animées et convenables ; et c'est ce désordre et ce défaut d'unité
dans les parties de tant de figures modernes,
qui les rend laides, sans agrément, sans décence,
et sans simplicité.

Remarquez sur les médailles antiques que dans

une figure debout, par exemple, si un bras aban-
donnant le centre par son action, présente une
ligne fort écartée du corps, alors de l'autre côté
et non vis-à-vis, mais plus haut ou plus bas,
vous retrouverez une autre ligne équivalente
produite par un accessoire quelconque, lequel
rétablissant l'équilibre dans les écartemens, ne
fait point paroître contraire à l'unité principale
cette ligne du bras en action.

L'inspection des médailles est très-propre à
faire comprendre ces principes. On y peut voir
aisément que les Anciens considéroient l'homme
comme tout autre objet ou comme tout ornement
quelconque, lequel, pour paroître beau, devoit
être soumis aux calculs de la disposition ; et nos
médailles n'ont un aspect si différent de celui
des médailles antiques, qu'à cause de ce mépris
pour l'ordre, et de cette recherche affectée des
variétés diffuses et discordantes, qu'on a cru devoir être des qualités essentielles du beau.

On peut considérer aussi les lignes comme produisant des angles déterminés, et l'on doit en éviter les répétitions ; car l'unité est l'opposé de la
duplicité, et si l'œil perçoit avec plaisir un angle
quelconque et d'autres angles subordonnés, il
ne perçoit qu'avec peine deux angles égaux, et il
éprouve en partie l'effet de la laideur.

Que l'on regarde les parties ou comme des
lignes formant des angles, ou comme des masses

placées dans de certaines directions et à certaines distances, le principe est le même : et les parties doivent toutes rentrer dans l'unité générale. Ainsi supposons que le bras restauré du Laocoon soit très-écarté de la tête, tant par l'humerus que par l'avant-bras, cette disposition seroit vicieuse en ce qu'elle différeroit trop par son écartement de celui des autres parties qui terminent le groupe ; ce bras doit donc rentrer vers le centre et se replier en groupant un peu sur la tête. C'est ainsi au surplus que je l'ai vu sur un fragment antique représentant le même sujet.

Je citerai de nouveau la figure de saint Paul, sur les marches de Saint-Pierre de Rome ; car non seulement son bras sort du corps à angle droit, comme je l'ai déjà remarqué, mais son épée verticale se trouve à une distance du corps, d'autant plus désagréable, que tout le reste de la figure est concentrique et sans angle très-saillant, et que le côté opposé à cette épée n'offre aucune ligne excédente.

Toute cette théorie du beau dans les lignes ne pourra être bien comprise que lorsqu'on aura repassé dans son esprit une multitude de comparaisons toutes rattachées au grand principe de l'unité. Or, comme cet écrit ne comporte point une analyse aussi détaillée, je vais le terminer en ajoutant quelques réflexions générales.

Il est facile, par plusieurs moyens, de vérifier si une figure, ou un objet quelconque, est disposé dans l'ordre optique qui constitue la beauté dans les distances ou écartemens des lignes ou des parties. Je vais en indiquer un qui me paroît fort simple. Il consiste à supposer une ligne qui passeroit par tous les points extrêmes de la figure. Si cette ligne produit une forme a peu près symétrique, il y a lieu de croire que la figure est disposée suivant le principe de l'unité dans les distances, puisqu'aucun point ex-trême n'entraîne pas l'œil trop loin. Si, au con-traire, cette ligne fictive étoit attirée trop loin hors du centre par une partie qui s'éloigneroit trop de la masse principale, il est certain qu'il faudroit que cette ligne fictive, pour conserver son espèce de régularité, sectionnât la masse ex-cédente, et alors l'œil abandonneroit cette même masse, et la rejetteroit en delà de l'unité de la ligne de circonscription.

Quant aux autres moyens pratiques de recon-noître l'unité de direction dans la ligne prin-cipale, ainsi que l'unité de longueur ou de dimension, je crois inutile de les indiquer ici, la démonstration du principe étant assez claire par elle-même.

Je vais finir en disant deux mots sur une statue grecque dans laquelle on n'a vanté jusqu'ici que le mérite de la vérité, quoiqu'elle offrît l'exemple de la plus heureuse disposition optique jointe à

la plus rare naïveté ; je veux parler de la figure
en bronze du Tireur d'épine, qui me paroît être
un exemple frappant de la beauté qui résulte
de la bonne disposition des lignes. Cette figure
toute pleine en même-temps d'ingénuité et de
vérité, représente un jeune enfant dans cet âge
où les formes n'ont point encore acquis de beauté,
et où la maigreur des muscles ne pourroit donner qu'un spectacle pauvre et même trivial, s'il
n'étoit assaisonné des charmes de la disposition.
Figurez-vous en effet ce même enfant, debout,
et dans un mouvement ou dans une posture aussi
vraie, mais qui n'offriroit que des lignes sans
ordre et sans choix, et vous aurez l'image d'une
fort misérable figure ; mais pourquoi paroît-elle
gracieuse et n'a-t-elle rien de repoussant, malgré
ses bras maigres et grêles, et ses mains agrestes,
un peu grossières, malgré les plis d'une peau
sèche et peu nourrie ? ce n'est point parce que
son mouvement est très-vrai, parce que sa che-
velure est d'un excellent choix ; ce n'est point
parce qu'elle semble vivre ; c'est parce qu'avec
cette vie et cette naïveté d'action, elle offre des
lignes heureuses qui toutes sont conformes aux
lois du beau optique, émanées du principe de l'u-
nité (1). Au sujet de cette charmante figure, on

___

(1) Je ne puis m'empêcher de citer ici les fameux bas-
reliefs du Parthenon, dont nous devons les empreintes en

peut ajouter ici qu'un des grands avantages qui la distinguent, c'est qu'il semble que cette Beauté optique dans la disposition des parties, ait été saisie par l'artiste sur la nature, comme une bonne fortune offerte à lui par hasard, et qu'ainsi elle ne se ressent en rien des calculs et de l'affectation de l'art. Tant il est vrai que pour savoir discerner, choisir et surprendre ces beautés de la nature, il faut savoir les reconnoître, et que l'art de les reconnoître n'est pas si facile qu'on le pense, malgré l'excellence et la finesse du sentiment de celui qui cherche; car on est plus ou moins dupe des séductions de la nature, qui toujours est charmante, et l'on a de la peine à conserver ce sang froid qui nous est nécessaire pour juger si telle ou telle action traduite en peinture ou en sculpture produiroit la beauté ; de sorte que l'effet qui résulte des compensations, jette une grande incertitude dans les esprits.

Je crois qu'après tout ce que je viens de dire sur le geste pittoresque, l'on trouvera que la matière a été traitée à fond, et je pense qu'un plus grand nombre de recherches nuiroit peut-être à

---

plâtre au zèle éclairé de M. de Choiseul Gouffier, qui les a rapportées d'Athènes. Ces fragmens admirables, exécutés certainement sous la direction de Phidias, nous font voir l'effet de ce mélange exquis, résultant de la naïveté embellie par les plus heureuses dispositions optiques.

l'intérêt des questions générales que j'ai tâché
de faire succéder méthodiquement dans cet écrit.
Enfin je crois pouvoir avancer que ce que l'on
voudroit recueillir de plus dans les livres, n'a-
jouteroit presque rien à ce que j'ai rassemblé
ici sur ce point important de la théorie.

FIN.